—·悦读故事馆·—

滋 养 中 国 孩 子 的 童 年 经 典

外国名家童话

海豚传媒/编绘

长江出版传媒 | 长江少年儿童出版社

编者的话

亲爱的小朋友们，也许你正在看《熊出没》，看光头强被熊大、熊二狠整而哈哈大笑。也许你正在看《猪猪侠》，着迷于这只搞笑又懒懒的小猪。也许你正在玩植物大战僵尸，挑选植物，发射豆豆打僵尸。也许你正在玩切水果，切一个，切两个，连切五个……这些都给你带来了很多的快乐。但是，你知不知道书籍也能带给你非常多的乐趣呢？阅读不仅能带给你无尽的快乐，也能带给你丰富的知识和成长的力量。或许你不喜欢阅读，但是没有关系，我们会帮助你的。为此，我们精心搭建了一座"悦读故事馆"，只要你踏入其中，我们相信你很快就会爱上阅读的。

小朋友们，当你走进"悦读故事馆"，你会看到一本本好书在向你招手呢。

《经典神话故事》带你穿越回远古洪荒时期，领略先人创造的神奇；《趣味民间故事》引你深入到街头巷尾，聆听口耳相传的趣闻。

读《男孩故事》，你会变得勇敢、坚强、勤奋、上进；读《女孩故事》，你会变得优雅、温柔、体贴、知性。

榜样的力量是巨大的。读《名人故事》，他们会告诉你人生的目标是什么，未来的方向在哪里，前进的道路怎么走。

成语是语言里的珍珠，有了它们，你的作文会熠熠生辉，夺人眼目。《成语故事》带你读故事，记成语，妈妈再也不用担心你的作文啦！

你还在为自己不会讲故事而苦恼吗？那就去读《故事大王》吧，它能帮你把故事讲得呱呱叫，助你成为"故事大王"。

每晚一个动听的好故事，每晚一个甜蜜的美梦，《365夜故事》陪你安睡到太阳露出笑脸。

童话是文学的掌上明珠，是每个人心底无比美好的记忆。那鲜活的人物，生动的场景，充满温情的故事，轻灵的语言，都让人为之沉醉。《中国名家童话》《外国名家童话》领你进入童话的世外桃源，领你找寻心中的白天鹅。

小朋友们，还等什么，赶快来"悦读故事馆"快乐地阅读吧！当阅读成为你的习惯时，当阅读每天为你提供必需的精神食粮时，当阅读时刻伴你成长时，你会感觉天更蓝，水更清，生活更美好。请记住，"悦读故事馆"的大门永远为需要阅读、愿意阅读、喜欢阅读的你敞开！

目录
|CONTENTS|

·悦读故事馆·

—悦读故事馆—

没有镜子的宫殿

[法国]贝阿特丽丝·贝克

奥丽尔公主天生十分美丽，她的父王怕她看见自己的姿色后骄傲起来，下令在她住的宫殿里不许有镜子，甚至不许有任何光滑的可以代替镜子的东西。于是，窗玻璃被涂抹得失去了光泽，家具都罩上了套布，地板上铺满了地毯，吃饭用的也是木刀叉，仆人们也不能够谈论公主的美貌。

公主很想知道自己的样子，可是谁也不告诉她，也没有任何可以当镜子照的东西。一些商贩

1

常到宫里卖一些新奇的物品给她，可那些人进宫前，都会被检查是否带了镜子或其他发光的东西，以免公主看见自己的美貌。

一天，一个手上扎着绷带的老妇人想卖给公主一些东西。她打开篮子，里面是一个小小的水龙头、一块火石和一把扇子，卫兵们看了，大笑起来说："公主有的是珠宝、书籍、脂粉和乐器，怎么会要这些破玩意儿？"可是老妇人坚持要见公主。她被大家嘲笑了一番，最后还是被带到公主那里。当屋里只有她和公主的时候，她拿掉手上肮脏的绷带，取出一面镜子，公主开心地叫起来，急忙俯在镜子上看自己的模样，还喃喃地说："啊，这是我吗？嘴唇像玫瑰一样红，眼睛像金鱼那么灵活，睫毛像海藻一样浓密，眉毛像两条无边无际的黑线！""可不是您吗，可怜的公主殿下，被锁在盲宫里的奇迹！"老妇人颤声说，"我还给您带来了配得上您的饰品呢！"

老妇人拿出水龙头、火石和扇子。她打开水龙头，奥丽尔立即穿上了一件泉水做的长袍，边上镶着彩虹色透明的水点儿；她敲了一下火石，一件火焰做的袍子自动

裹住了公主的身子，公主头上还戴了一顶火星般闪烁的王冠，脚上穿着发光的磷火鞋，公主不由自主地跳起欢快的舞来！老妇人又扇动扇子，公主立即披上了玫瑰色云彩做的袍子，衣裳是那么轻盈，她感到自己好像飞起来了！老妇人收起三件宝贝，所有的衣服都消失了。

"谢谢您，太太，"公主说，"如果父王知道我违抗了

他的命令，一定会杀死我的！"老妇人说："那您逃走吧，朝向森林的那一扇门到时候会打开的。"她说完就走了，连钱都没要。

晚上，宫里的人都睡着了。公主从床上爬起来，带上镜子、水龙头、火石和扇子，从那扇小门出去，借着月光走进了森林，她袍子上绣的花儿跳到地上，马上就在那里生根了。她打开水龙头，并没有冒出喷泉做的袍子，却冒出了瓢泼大雨，把她淋得湿漉漉的，冻得直发抖；她敲了下火石，想暖暖身子，却冲出一股大火，把周围的树木、苔藓都烧掉了，她赶忙逃走；她拿出扇子，想扇出那件彩云做的袍子，却刮起大风，把她自己都快吹走了；最后，她只剩下镜子了。可是，当她拿出镜子欣赏自己的容貌时，镜子碎成了小片，还发出尖厉的笑声。奥丽尔失望地大哭起来。

突然，她听见树叶"沙沙"响，一个年轻的樵夫扛着斧子站在面前，"您为什么哭呀？"他问。"我什么都没有了，镜子也碎了！"奥丽尔说。"我将成为您一辈子的镜子，感谢上帝，您是多么美丽啊！"

后来，他们幸福地生活在森林里，在他们的木头房子的角落里，樵夫挂了一面镶着树皮的镜子。可是，有了孩子之后，奥丽尔一心都放在孩子身上，很少去关注自己的容貌啦。

美人和怪兽（上）

[法国]博蒙夫人

一个有钱的商人有六个孩子，三个男孩，三个女孩。女儿个个都长得非常美丽，尤其是最小的那个，不但比姐姐们漂亮，心地也比她们善良，大家都叫她"美人"，这让两个姐姐很妒忌。两个姐姐很骄傲，每天都去跳舞，看戏；而美人大部分时间都用来读书。大家知道她们有钱，都来求婚，两个姐姐说她们只会嫁给伯爵，而美人则

谢过那些求婚的人，说她还小，要多陪父亲几年。

商人突然破产了，全家只能住到乡下的房子里，而且要像农民一样劳动才能生活下去。大姐二姐不愿去，她们要待在城里，希望以前向她们求婚的人娶她们，可那些人知道她们没有钱后都不答理她们了；但是他们还是愿意娶美人，对她的不幸表示同情。可是美人不愿意丢下父亲，她要随家人去乡下。到了乡下，商人和儿子们干起庄稼活；美人整天辛苦地做家务，空闲的时候读读书；两个姐姐却还像在城里一样整天睡觉，还总是不开心，认为美人愚蠢、下贱，这样苦的日子她还过得津津

yǒu wèi。商人把一切都看在眼里，更加疼爱美人了。

一年后，城里来信说有一只装着商人的货物的船

到港了，全家人都高兴极了，两个姐姐更是高兴得发狂。

商人要去城里了，她们请求父亲给她们买衣服、帽子和

各种奢侈的东西。美人私下算了算，父亲的货物即使全

卖了，赚的钱也不够买姐姐们要的东西，她不打算要任

何东西了，但是她也不愿意来责备姐姐们的行为，就要

求父亲带给她一朵玫瑰花。

到了城里，因为那船货物，

商人和人打了场官司，遇到了

很多麻烦，等他回家时，又一个

钱也没有了，他伤心极了。经

过离家很近的森林时，突然下

起了大雪，狂风猛吹，天也黑了，

到处都是狼叫声，可怜的商人

迷路了，他四处乱走，顺着一点儿灯光走进了一座宫殿。

宫殿金碧辉煌，桌子上摆满了饭菜，炉火烧得旺旺的，可是一个人也没有。商人烤着火等了很久，也没有看到主人，他实在是饿极了，只好自己吃起饭来。吃饱喝足了，就在准备好的床上睡觉。第二天醒来的时候，他发现换下的脏衣服不见了，椅子上放着干净的新衣服，便猜想这一定是一位好心的仙女的宫殿，便大声说："谢谢您，好心的仙女！"他喝了桌子上放的茶，吃了早餐，就去找他的马，准备回家去。经过一座玫瑰园时，他看到里边的花朵，想起了美人的请求，就摘下一朵花。这时，他听见一声怒吼，一只可怕的怪兽向他走来："你真是太忘恩负义了，我救了你的命，你却偷摘我最喜欢的玫瑰花！我要你用性命来赔偿！"商人跪下来请求道："请您原谅，我的小女儿要我带一朵玫瑰花给她，没有想到冒犯了您！"怪兽说："我放你回去，如果你有一个女儿愿意来替你死，我就饶恕你！你发誓三个月后一定回来！不过，你可以用这个箱子带些想要的东西回去。"商人不愿任何一个女儿来替他死，可是他还是想在死前能给几个孩子留一点儿财产，便装了一箱子金币。

回到家，孩子们都很高兴，商人告诉他们自己的经历，流着泪把花给了美人："孩子，为了这朵花，你可怜的爸爸要付出性命作为代价啊！"三个兄弟要去和怪兽拼命，两个姐姐大哭起来，责骂美人："都是你想要与众不同，害得爸爸要去送命！现在居然连泪都不流一滴，真是狠心！"美人知道哭是不能解决任何问题的，于是冷静地说："爸爸，我一定要去怪兽那里。我不能眼看着你

去死！”大家劝了很久，都不能改变她的心意，两个姐姐却很高兴，因为这样一来她们就不用再妒忌美人了！商人看到房子里装满金币的箱子，决定不告诉两个大女儿他又成了富翁的事，但是他告诉了美人。美人也告诉他在他离开的这段日子里，来了两个向姐姐们求婚的贵族子弟，她请父亲把姐姐们嫁出去。

美人和父亲离家的时候，兄弟们伤心地大哭，姐姐们却用洋葱头擦眼睛，拼命挤出几滴泪。

到了怪兽的宫殿，大厅里早就摆好了饭菜。他们吃

wán fàn hòu　guài shòu lái le　　tā de yàng zi shí zài tài chǒu le　　xià de měi rén hún

完饭后，怪兽来了。它的样子实在太丑了，吓得美人浑

shēn fā dǒu　　tīng shuō měi rén shì zì yuàn lái tì fù qīn sǐ de　　guài shòu hěn gāo xìng

身发抖。听说美人是自愿来替父亲死的，怪兽很高兴，

duì shāng rén shuō　　zhōng hòu de rén a　　nǐ míng tiān jiù huí qù ba　　bié zài dào zhè lǐ

对商人说："忠厚的人啊，你明天就回去吧，别再到这里

lái le　　yè lǐ　měi rén zuò le gè mèng　yī wèi xiān nǚ duì tā shuō　　nǐ de xīn

来了！"夜里，美人做了个梦，一位仙女对她说："你的心

dì zhè yàng shàn liáng　　yuàn yì yòng zì jǐ de shēng mìng lái jiù nǐ de fù qīn　　nǐ huì dé

地这样善良，愿意用自己的生命来救你的父亲，你会得

dào bào cháng de　　　dì èr tiān　shāng rén shāng xīn de　lí kāi le

到报偿的！"第二天，商人伤心地离开了。

美人和怪兽(下)

[法国]博蒙夫人

美人祈求上天保佑她,她是个勇敢的女孩,尽管怪兽晚上可能就会吃掉她,她还是决定参观一下宫殿。令她吃惊的是,一扇门上居然写着"美人的房间",里面布置得十分华丽,有书橱,还有钢琴和乐谱。一本书上还写着:你是这儿的王后和主人,想要什么,尽管吩咐。美人叹了口气:"我多想看到我可怜的爸爸啊!"刹那间,面前的镜子里出现了她的家:父亲刚回到家,满面愁容;两个姐姐却掩盖不住欢喜的神情。过了一会儿,镜子里什么都没有了。

晚上,她坐下吃饭时,怪兽来了。它说:"你是这里的主人,你要是感到我很烦,你可以叫我走开!告诉我,你觉得我是不是很丑？"美人不会撒谎："是的，可是我相信你的心肠一定很好！""你说得对，我又丑又笨！你吃饭吧，要是你觉得不快乐，我会很悲伤的！""我很快

活，因为你的心肠太好啦！有的人外表漂亮，心地却很险恶，和他们比起来，我更爱你！"怪兽非常开心："那么你愿意做我的妻子吗？"美人害怕怪兽会发怒，好一会儿才哆嗦着回答："我不愿意！"怪兽大叫一声，伤心地离开了。
　　美人在宫殿里住了三个月，怪兽每晚都来看她，和

她谈天，它说的话都很有意思，以至后来美人每天都盼
着它来了。只是每天怪兽离开的时候，总会问美人愿不
愿意嫁给它，这让美人很为难。有一天，美人说："我是

个诚实的人，我愿意永远做你的朋友，但是我不会嫁给
你，请你不要悲伤！"怪兽说："你这样说，我就很知足
了！可是我真是太爱你了，答应我永远不离开我！"美
人羞红了脸："我答应你永远不离开你，可是我多想见到
爸爸啊，我的姐姐都出嫁了，兄弟们从军了，只有爸爸孤

零零的一个人在家。""我会送你回家的，不过那样我就会伤心得死掉了！""哦，不，我一个星期后就会回来的！""好吧，明早你就在自己家里了！什么时候，你想回来了，临睡前把戒指放在桌上就行了。再见吧，美人！"

第二天，美人醒来就发现自己真的在家里了。商人看见她，快乐得快要发疯了。怪兽还送来一箱美丽的衣服，美人挑了一件朴素的，对女仆说："把这些美丽的衣服送给姐姐们吧！"刚说完，箱子就不见了。她对父亲说看来怪兽只愿把这些衣服送给她一个人，箱子立刻就回来了。两个姐姐婚后都很不幸，因为两个姐夫品德不好，对她们一点儿也不好。看见美人穿戴得像个公主，她们快要妒忌死了，在花园里放声大哭："为什么她比我们幸福呢，难道我们没有她可爱吗？"她们决定想法子留美人多住些时候，怪兽看她失信，一定会生气地吃掉她。于是，她们假装对美人非常亲热。一个星期后，美人要回去了，姐姐们装得万分悲痛，美人只好答应再住一个星期，但是她心里惦记着怪兽，不知道它会多么悲伤啊！第十天夜里，她梦见怪兽躺在花园的草地上快要死了，她惊醒了，伤心地大哭："我真是太坏了，怪兽对我这么好，我却害得它这样伤心，它虽然长得丑一点儿，可是它是那么善良，我要嫁给它！"她临睡前把戒指放在桌上。

第二天醒来时，她已经回到了怪兽的宫殿。她穿上华丽的衣服，到处去找怪兽。最后，她在梦里出现过的草地上看到了奄奄一息的怪兽。怪兽睁开眼睛："你忘记了你说的话。失去了你，我决定让自己饿死。"美人伤心极了，扑到它身上："不，你不要死！我向你发誓，我要做你的妻子，永远不离开你！"她刚说完，宫殿里光芒四射，天空亮起烟火，到处是乐声，美人吃惊地回过头来，怪兽不见啦，一位英俊的王子站在她面前。王子说："我就是怪兽！恶毒的女巫把我变成了怪兽，直到有一个美丽的姑娘愿意嫁给我，我才能恢复人形。"

他们回到大厅，美人的家人都在那里，仙女也来了。"美人，你的选择是对的，你将成为受人尊敬的王后！"所有人都到了王子的国家，他们举行了婚礼，幸福地生活在一起。而那两个坏心肠的姐姐呢，仙女把她们变成了两座石像，让她们俩站在美人的宫殿门口，一天到晚看妹妹过着幸福的生活！

三个城堡

[意大利]伊泰洛·卡尔维诺

有个年轻男子对妈妈说，他想去偷东西。妈妈吓了一跳说："这个想法是很可耻的，快去教堂听听神父的忠告。"

年轻人就去了教堂，神父对他说："偷东西是犯罪的，不过如果是偷贼人的东西的话，还不算大的过错。"

年轻人听了神父的话，就去森林里投靠了一伙贼，晚上趁贼人睡着后偷走了一袋金币。他把金币带回家送给了妈妈，让她吃穿不愁，然后决定去城里找份正经工作。

国王有100只羊，但没有人愿意给他放羊，小伙子就自告奋勇去了。国王对他说："那边草场上的草很好，你要去那儿放羊，但不要靠近那条小河，那里有条蛇，它会吃掉我的羊的。如果我的羊被吃了，而你却活着回来了，我会把你赶走的。"

年轻人赶着羊去草场时，经过公主的窗前。公主看到年轻人长得一表人才，就给了他一块蛋糕，他喜滋滋地接住了。在草场上，年轻人看到一块大石头，他想：坐在那儿，我可以好好儿地享受公主给我的蛋糕了，于是就一屁股坐在了小河边的那块石头上。

那些羊安静地吃着草，小伙子突然感觉到石头底下有什么东西在动。他看了看，没发现什么，就开始美美地吃起蛋糕来。这次石头又动了一下，比上次摇动得更厉害，小伙子没理它。石头第三次摇动的时候，从底下钻出一条巨蛇，长着三个头，每个头上都有一张嘴巴，三张嘴巴里各有一枝盛开的玫瑰。小伙子看玫瑰那么漂亮，正想要去接的时候，蛇猛地扑了过来。小伙子敏捷地躲过了，然后用牧羊棍狠狠地朝蛇头上各击了一棍，蛇被打死了。

他用刀把蛇头割下来，打开其中一个头，发现了一把水晶钥匙。小伙子搬开石头，看到一道门，便用钥匙打开门，发现门里面是一座用水晶砌成的宫殿，还有一个用水晶做成的仆人。仆人一见到他，就说："尊敬的主人，您有什么吩咐吗？"

年轻人就说："先带我看一下宝藏。"

水晶仆人就带着他看了水晶塔、水晶马厩里的水晶马、水晶兵器、水晶盔甲，还有一处水晶花园，水晶树上的水晶鸟儿在歌唱着，水晶池塘边上的水晶花也盛开着。小伙子摘下一朵水晶花，别在自己的帽子上。

晚上，他把石头放回原位，赶着羊群回去了。路过公主的窗前时，公主对他说："你帽子上的花真漂亮，能送给我吗？"

小伙子说："当然可以，这是水晶花，从我的水晶花园里摘的。"说完他把花递给了公主。

第二天，小伙子照样赶着羊群去草场。他又来到石头那儿，打开了第二个蛇头，里面有一把银钥匙。他用银钥匙打开了石头下面的门，走进去一看，是用银子砌成的宫殿。银仆人带着他看了银厨房，里面的银火炉里居然烤着银鸡；银花园里，有盛开的银花，开屏的银孔雀。小伙子摘下一朵银花，别在了帽子上。

晚上，他赶着羊群回宫的时候，把银花送给了公主。

在第三天，他打开了第三个蛇头，里面有一把金钥匙。他用金钥匙打开那扇门，门里是一座用金子砌成的

宫殿。仆人也是金子做的，还有金床、金被子、金枕头，金花园里开着金花，金丝笼里装着金鸟。小伙子摘下了一朵金花，准备带回去送给公主。

国王要为公主办一个比武招亲大会，第一名可以成为驸马。放羊的年轻人身披水晶盔甲，举着水晶盾牌和水晶长矛，骑着水晶马，出现在比武场上。他战胜了所有比武的人，然后不留姓名就走了。没有人认出他来。

比武要进行三天。第二天，年轻人骑着银马，披着银盔甲，举着银盾银枪又来到了比武场上。他很容易就

dǎ bài le nà xiē duì shǒu   rán hòu yòu fēi kuài de qí zhe yín mǎ lí kāi le
打败了那些对手，然后又飞快地骑着银马离开了。

dì sān tiān tā qí zhe jīn mǎ chuān zhe jīn kuī jiǎ lái bǐ wǔ yòu qīng yì de
第三天，他骑着金马，穿着金盔甲来比武，又轻易地

dǎ bài le nà xiē duì shǒu zhè cì gōng zhǔ rèn chū le tā gōng zhǔ duì xiǎo huǒ zi
打败了那些对手。这次，公主认出了他。公主对小伙子

shuō nǐ shì sòng wǒ shuǐ jīng huā yín huā hé jīn huā de rén ba zhè xiē huā shì cóng
说："你是送我水晶花、银花和金花的人吧？这些花是从

nǐ de shuǐ jīng chéng bǎo yín chéng bǎo hé jīn chéng bǎo li zhāi lái de
你的水晶城堡、银城堡和金城堡里摘来的。"

guó wáng xuān bù fàng yáng de xiǎo huǒ zi dé le dì yī míng xiǎo huǒ zi chéng le
国王宣布放羊的小伙子得了第一名。小伙子成了

fù mǎ yé tā de mā ma yě guò shàng le hǎo rì zi hòu lái lǎo guó wáng sǐ le
驸马爷，他的妈妈也过上了好日子。后来老国王死了，

xiǎo huǒ zi dāng shàng le guó wáng
小伙子当上了国王。

狐狸阿旋

[日本]新美南吉

从前，在一个叫作中山的地方有一座小城堡，离城堡不远的山里，住着一只名叫"阿旋"的小狐狸。阿旋没有亲人，就在森林里打了一个地洞作为自己的家。平时，阿旋都在附近一带的村庄里胡闹。不管白天还是晚上，有时将地里的山芋刨得乱七八糟。有时把人家晒的油菜秸秆放把火烧了。有时把农民家门后挂的辣椒扯下来。总之，阿旋没事也要闹一闹。

这天，它沿着泥泞的小路向河的下游走去，突然看见有个人在河里干着什么。阿旋偷偷走近，哦，原来是宾池啊。宾池将身上黑色的破和服的下摆卷起，站在齐腰深的水里，晃动着一张捕鱼用的网。宾池将从水里打

捞起来的鳗鱼、鲫鱼等一起扔进鱼篮，然后仍然把鱼篮泡在水里。等到鱼打捞得差不多了，宾池提着鱼篮准备走时，好像突然记起什么似的，把鱼篮往河堤上一放，急忙往河的上游跑去。

阿旋把这些看了个一清二楚，等宾池一走，它又想恶作剧了。阿旋"嗖"的一下跑到鱼篮前，把篮子里的鱼全给倒了出来，所有的鱼一下子都跳回了河里。阿旋躺在洞里的时候，还在想，要是宾池看到鱼都跑光了，发火的样子肯定很有趣。

过了十多天，阿旋经过农民弥助家的时候，听到他们谈论宾池的话。"真可怜呀！""可不是，宾池他妈还那么年轻呢！"

阿旋兜到宾池家的时候，看到很多人正在宾池家里忙活，原来，是宾池的妈妈死了。送葬的时候，阿旋躲在墓地的坑后面，看到宾池穿着一身白色的孝服，手捧灵牌，平时本来红扑扑的脸现在显得非常苍白，无精打采地向前走着。

这天晚上，狐狸阿旋躺在洞里想着："宾池的妈妈生病的时候，肯定很想吃鳗鱼和鲫鱼，可是都让我给放跑了，结果他妈妈没吃成鱼就死了。唉，我不该开那种玩笑的。"

这天，宾池正在自家的井边淘米。宾池以前一直和母亲一起过着穷日子，妈妈一死，现在就只剩他一个人了。"唉，宾池和我一样孤苦伶仃了。"狐狸阿旋看着宾池这么想着。

外边突然传来了叫卖沙丁鱼的吆喝声。有人答话了："拿点儿沙丁鱼进来。"卖沙丁鱼的老板两手抓着白花花的鱼进去了。趁这机会，狐狸阿旋从摆在外面的鱼篮里抓了五六条沙丁鱼往宾池家扔去。

第二天，心想自己为宾池做了点儿好事的阿旋又转到了宾池家，它偷眼一瞧，怎么宾池的脸肿着，眼睛也青青的？正在阿旋猜想是怎么回事儿时，宾池自言自语道：

"到底是谁把沙丁鱼扔到我家来的？害我让鱼贩子一顿好打！"

阿旋心想："这可怎么搞的，越帮越乱。"于是，它只好跑到山上，摘了一大把栗子，晚上偷偷放在了宾池家里。再后来，阿旋每天都送栗子去，每次还加送几个蘑菇。

过了一段日子，阿旋摘了一把栗子和几个蘑菇准备送去的时候，听到山下有人在低声说话，是宾池的声音："我最近碰到了很怪很怪的事，自从妈妈死后，总有人每天把栗子和蘑菇送到我家来。"另一个声音响起："这是神仙的眷顾呀，你得好好儿敬敬神仙。"

阿旋听不下去了："这些家伙真是浑蛋！我给他送栗子和蘑菇，他不敬我，却要去敬什么神仙，太不划算啦！"看到宾池正在山下烧着香、磕着头，狐狸阿旋气呼呼地把摘的栗子和蘑菇全丢了。

过了几天，阿旋心想："自己是因为对不起宾池才给

他送栗子的嘛，干吗管人家敬神还是敬自己呢？"于是，它又带着栗子往宾池家里走去。宾池正在房子外搓草绳，阿旋偷偷从后门溜进去。这时，宾池刚好抬起头来，看见了阿旋，于是他偷偷拿起身后的火枪，装上火药，心想："好呀，狐狸跑家里来了。"宾池轻轻靠近阿旋，一枪打中了正要出去的阿旋。等到宾池走近了一看，地上放着一堆栗子，宾池吃惊地看着狐狸："一直给我送栗子的是你吗？"

　　阿旋闭着眼睛，点了点头。宾池手里的枪一下子掉在了地上，那枪管里正冒着一缕缕青烟……

沉睡的蔷薇公主（上）

[德国]格林兄弟

从前，有一位英明的国王和一位美丽的王后。他们过着富有的生活，只有一件苦恼的事情，那就是他们结婚好多年了，还没有一个孩子。

这一天，王后正在湖里沐浴。

一只螃蟹从水中探出了脑袋，对王后说：

32

"王后，请允许我真诚地向您表示祝贺！"

王后好奇地问道："谢谢你！可是我还不知道你要祝贺我什么呢！"

"祝贺您不久就要生出小公主了。"

螃蟹的话果真应验了。不久，王后就生下了一个漂亮的女孩子。这个国家的美丽的小公主诞生了。

美丽又可爱的小公主的诞生，使国王和王后非常高兴。

为了庆祝公主的诞生，国王想举办一次盛大的宴会。这天，城堡的厨师们做出了许多精美的菜肴。无数的宾客穿着华丽的衣服，前来城堡祝贺公主的诞生。

最为特别的是，在这众多的来宾当中，还有12个妖精。

本来，在这个国家里，一共生活着13个妖精。可是，国王的城堡里只有12只金盘子。国王想，与其用银盘子来招待其中的一个，不如还是少邀请一个为好。于是，

guó wáng jiù méi yǒu yāo qǐng gè yāo jing zhōng nián jì zuì dà de nà ge lǎo yāo jing qián
国王就没有邀请13个妖精中年纪最大的那个老妖精前

lái chéng bǎo cān jiā yàn huì
来城堡参加宴会。

jié guǒ jiù chū xiàn le hòu miàn de shì qing
结果，就出现了后面的事情。

dāng nà ge lǎo yāo jing dé zhī gè yāo jing zhōng zhǐ yǒu zì jǐ méi yǒu dé dào
当那个老妖精得知，13个妖精中只有自己没有得到

yāo qǐng shí tā dùn shí huǒ mào sān zhàng zì zūn xīn shòu dào le yán zhòng de shāng hài
邀请时，她顿时火冒三丈，自尊心受到了严重的伤害：

hng dà jiā dōu shì yāo jing wèi shén me dān dān bǎ wǒ piē zài yī biān a
"哼，大家都是妖精，为什么单单把我撇在一边啊？

nán dào jiù yīn wèi wǒ nián jì dà le yī xiē ma nián jì dà gèng yīng gāi yǒu zī gé bèi
难道就因为我年纪大了一些吗？年纪大更应该有资格被

yāo qǐng cái duì ma hǎo ba jū rán zhè me bù gěi wǒ miàn zi nà jiù bù yào guài
邀请才对嘛！好吧，居然这么不给我面子！那就不要怪

wǒ bù kè qi la
我不客气啦！"

34

她决定马上就给国王点儿厉害瞧瞧。

在城堡的大厅里，受到了邀请的12个妖精，开始走上前去向公主祝福。

"公主，您将成为世界上最美丽的人！"

"公主，您将拥有一颗天使般善良的心！"

"公主，世界上最英俊的王子都会拜倒在您的脚下！"

妖精们一个接一个地祝福公主，祝愿她不仅会有动听的声音、可爱的模样，还会有无人能够超越的跳舞的才华。

最后，12个妖精还向公主献上了精美的礼物。

可是，正当第12个妖精刚刚走近公主的摇篮，准备献上礼物时，突然，"呜"的一声，刮起了一阵狂风。

随着这阵狂风，那个年纪最大的妖精，出现在华丽热闹的大厅里。

"请让一让，让我也送上点儿礼物好不好？我预言，

这个小公主长到15岁时，一定会被纱锭扎死的！"

老妖精大声地说完这句话，便又随着一阵狂风消失了。

哪有这么说话、这么送礼物的！太过分了！

国王和王后顿时感到非常悲伤。

这时，还没有赠送礼物的第12个妖精走上前来，安慰国王和王后说：

"陛下，请允许我说一句话，虽然我没有能力让刚才的那句难听的咒语破灭，但是，我将尽我的力量替公主减轻不幸。请相信，公主不会被纱锭扎死，只是……"说到这里，妖精有点儿犹豫了。

"你快说下去，'只是'什么？"国王和王后满怀不安地问道。

"美丽的公主她……她……将沉睡一百年！"

"什么？真的会这样啊！"

国王和王后感到十分伤心。

国王立刻下了一道命令：将全国各地所有的纱锭，统统集中起来加以销毁！一个也不许保留！

就这样，纱锭这种纺织工具从此就在这个国家消失了，谁也无法纺纱了。

时光流逝，小公主一天天地长大，就像妖精们在祝

福声里所说的那样。

不用说，公主那美丽的外貌、温柔的性格、出众的才艺等等，所有美好的名声被远远地传到了国外。

转眼就到了公主 15 岁生日的时候了。

这一天，公主正在庭院里，悠闲地和一些小鸟一起嬉戏。

这时，在她面前突然出现了一座古老的塔，这是她之前从来也没有见到过的。公主突然产生了想攀登这座古塔的念头。

于是，她开始不由自主地一层一层地往上爬去。

最后，公主爬到了古塔的顶层。

沉睡的蔷薇公主(下)

[德国]格林兄弟

这时，从顶层的房间里，传出了有节奏的"轧轧轧"的声音。

"这是什么东西发出的声音呢？"公主好奇地想道。

好奇心驱使着她战战兢兢地走进去一看，原来是一个老太婆，背朝外坐在那里，正在不停地劳作着。

"老婆婆，您在干什么呀？"公主问道。

老太婆头也不回地回答说："你是在问我吗？我在纺纱呀！"

是的，老太婆手里拿着的，是一件公主从来没有见过的东西。

"纺纱？老婆婆，您手里拿着的东西是什么呀？"

"这个吗？"老太婆回过头，"这个啊，这个就是纱锭哪！"

说完，老太婆又继续纺着她的纱。

公主看着看着，就忍不住也想自己动手来纺纺看。

"请问，可不可以让我也来纺一下啊？"

"好哇！来，你来拿住这个纱锭。"

公主高兴地伸出手去，准备接过这个纱锭。

"啊——"公主刚用手指捏住了纱锭，整个身子就立刻倒了下去。

真是不幸呢！正像那个老妖精所诅咒的那样，公主被纱锭扎了一下，从此陷入了漫长的沉睡之中。

当公主陷入沉睡时，这个王国里的一切，也都跟着陷入了沉睡之中。

也就是说，在城堡中，国王和王后坐在宝座上睡着了；在兵营里，士兵们在磨剑时睡着了。

此外，像马厩里的马呀，鸡棚里的鸡呀，还有正在追赶鸡的仆人呀，都在公主沉睡时的那一瞬间，也同时陷入了沉睡状态。

不仅人和动物，还有那些食物啊，豆子啊，火苗啊等等，也都睡着了。

不久，在城堡的周围，又出现了一道蔷薇篱笆。

篱笆上的蔷薇越长越高，最后把整座城堡都给覆盖住了。

又过了些时候，这个有关美丽的蔷薇公主陷入了沉睡的消息不胫而走，一直传到了一些非常遥远的国度。

得知这个不幸的消息后，许多国家仗义的王子都纷纷前来，想营救公主和她的一家人，以及这个陷入了沉睡状态的国家。

然而，那道密密的蔷薇篱笆啊，却怎么也没有法子打开！

即使用利剑来劈它，刚刚出现了一点儿缝隙，它马上就又合拢了。

无论是哪个国家的王子，都还来不及穿越这道蔷薇篱笆，便筋疲力尽地死去了！

此后，又是几十年的时光过去了。

这年春天，有个骑着白马的英俊王子，从这个沉睡的国家经过。

他也听到了沉睡中的蔷薇公主的故事。

这位王子走近了那道开满了花朵的蔷薇篱笆，大声说道：

"请你们相信我，我一定会想办法，亲自把公主救出来！"

就在王子手持盾牌和利剑，大义凛然地面对着蔷薇篱笆，正准备挥剑砍过去时，突然，蔷薇篱笆竟左右闪开，自己让出了一条通向城堡的道路。

这时候，离蔷薇公主当初沉睡的日子恰巧过了一百年。

王子大踏步地朝城堡走去。

他好像是被一条看不见的线牵引着一样，一步步地径直朝着塔顶走去。

王子来到了顶层，一眼就看见了沉睡中的美丽的公主。

因为公主长得太美丽了，英俊的王子情不自禁地弯下身去，轻轻吻了公主一下。

被王子这么一吻，公主顿时睁开了温柔的眼睛，满脸诧异地端详着王子的脸。

王子深情地拉住公主的手，把公主搀扶了起来。

同时，就在美丽的公主睁开眼睛的那一瞬间，城堡中所有的人啊，动物啊，火苗啊，食品啊，一切沉睡了的，也全都苏醒了过来。

不用说，坐在宝座上的国王和王后，也就像什么事情都没有发生过一样，继续开始谈话了。

马厩里的马开始继续吃草；当初正在鸡棚里抓鸡的仆人，也继续着后面的动作，终于抓住了要抓的鸡。

接下来的事情呢，即使不讲你也能够猜到了吧？没错，就像许多童话故事里所讲述的那样，不久，在所有人的祝福声中，英俊的王子和美丽的公主举行了婚礼。

他们从此过上了幸福、快乐的日子。

后来，他们又做了这个国家的国王和王后。

他们是那么幸福地、互敬互爱地度过了尊贵的一生。

小故事的故事

[德国] 汉斯·法拉达

有一个小孩很不听话。

一天，他又不肯吃饭。

于是，妈妈罚他站在门外，然后她在屋子里给哥哥姐姐讲起一个小故事来。

小孩子最爱听故事了。

可是，现在被关在门外，怎么也听不清妈妈在讲什么，他难过得大声哭了起来。

"你现在听话，愿意吃饭的话，我就让你进来听我讲故事。"妈妈在里屋说。

47

小孩子听到妈妈的声音，哭得更凶了。这时，一只老鼠从洞里跑了出来，问道："可怜的孩子，你为什么哭得这么伤心？"

"妈妈罚我站在门外，不让我听她讲故事。"小孩说，"你能不能钻进餐室去，然后告诉我妈妈在讲什么故事？"

老鼠答应了，它钻进餐室，竖起耳朵仔细地听着妈妈讲故事。

妈妈见小孩停止了吵闹，就隔着门叫道："现在想吃饭了吗，孩子？"

小孩想着，反正老鼠一回来，我就知道故事的内容了。于是，他又大声地哭闹起来。他哭了一段时间，还是不见老鼠的影子。

这时，他看到窗子上有只苍蝇。

"亲爱的飞虫小姐，我刚才派老鼠去餐室探听妈妈说的故事，可是它一去不回了。你能不能去看看是怎么

huí shì　　yào shi nǐ yuàn yì bāng wǒ zhè ge máng　míng tiān zǎo shang wǒ　jiù bǎ hē kě kě
回事？要是你愿意帮我这个忙，明天早上我就把喝可可

de táng liú xià lái gěi nǐ chī
的糖留下来给你吃。"

　　cāng ying diǎn le diǎn tóu　mǎ shàng fēi zǒu le
　　苍蝇点了点头，马上飞走了。

　　nǐ xiàn zài kěn guāi guāi chī fàn le ba　hái zi　mā ma jiàn wài miàn ān jìng
　　"你现在肯乖乖吃饭了吧，孩子？"妈妈见外面安静

le　yòu wèn dào
了，又问道。

　　bù　wǒ bù chī fàn　hái zi yòu fàng kāi sǎng mén kū qǐ lái
　　"不，我不吃饭。"孩子又放开嗓门哭起来。

　　guò le hǎo jiǔ　lǎo shǔ hé cāng ying yī zhí dōu méi huí lái　hái zi kāi shǐ nà
　　过了好久，老鼠和苍蝇一直都没回来。孩子开始纳

mèn qǐ lái　mò fēi zhè ge gù shi fēi cháng jīng cǎi　zhēn xiǎng zhī dào shì shén me gù shi ya
闷起来：莫非这个故事非常精彩？真想知道是什么故事呀。

他正想着，突然看到一只蚂蚁从面前经过。于是，他对蚂蚁说："苗条的蚂蚁小姐，你能不能帮我个忙，去餐室一下，看看我派去探听妈妈讲故事的老鼠和苍蝇究竟在干什么？"

"很乐意为你效劳。"说完，小蚂蚁钻进了屋子。

"快进来吧，孩子，来吃饭！"妈妈叫道。

"我什么都不想吃！"

小孩子倔强地站在门外，一边跺脚，一边哭闹，比以前更厉害了。

可是，慢慢地，哭声越来越低了，他的嗓子都哭疼了。"妈妈一定在讲一个非常动人的故事，要不然老鼠、苍蝇和蚂蚁怎么会被迷住，

把我忘得一干二净！"小孩想，"我现在得听话，得吃饭了。"

于是，小孩大声地叫喊："妈妈，我听话啦，让我进去！"

这时，老鼠匆匆地跑来，上气不接下气地叫道："哦，上帝，多么动人的故事呀！不听完最后一句，我舍不得离开那儿！"

苍蝇也飞了过来，嗡嗡地叫道："哦，多么好听的故事，要是每天都能听到这样的故事该有多好啊！"

蚂蚁从门底下爬了出来，欢快地说："故事真是棒极了，巧克力布丁和香草调味汁也很不错！"

"我也要吃！"小孩子推开门闯了进去。

可是，他发现碗里连一丁点儿布丁屑都没有剩下。

一切都太晚了，故事已经讲完了，也吃不到可口的巧克力布丁了。不听话的孩子只好默默地在一边后悔："要是早些改变主意该多好！"

哈默尔思的吹笛手

[德国]格林兄弟

从前，在德国一个叫哈默尔思的小城里有许多老鼠。这里一天到晚都能听到老鼠吱吱叫的声音，吃的东西全都被它们啃过，墙柱也给咬得乱七八糟。城里人被老鼠搅得不得安宁，千方百计地想要灭鼠。用了灭鼠器，养了猫，可是一切都是徒劳，老鼠并不见减少。

"我的上帝，太可怕了，再这样子下去，整座城市都要被老鼠毁了。"

"有什么灭鼠的好办法？"

"要是能消灭掉这些可恶的老鼠，付出再大的代价也行啊！"

城里人绞尽脑汁，依然一筹莫展。

一天，一个男人来到了这个小城。他对苦恼的人们说：“我有办法对付这些老鼠。只要给我1000个金币，我就把所有的老鼠都消灭掉。”

城里的人高兴地说：“请帮帮忙，救救这座城市吧！”

“要是城里果真没有老鼠了，别说花费1000个金币，就是10000个金币，我们也在所不惜！”

这天晚上，人们都进入了梦乡，整座城市静悄悄的。那个男人在城中心的广场上吹起了笛子。悠扬的笛声跌宕起伏，传遍了城市的每一个角落。

老鼠听到笛声，全都来到了广场。顿时，广场上挤满了老鼠，黑压压的一大片。然后，那个男人开始一边吹笛一边向城外走去。

老鼠成群结队地跟在男人后边移动。男人来到城外河边，往河中心一步一步地走去。那群老鼠也继续跟着他走，结果老鼠全部都被淹死了。

第二天早上，人们知道城里已经没有老鼠了，都高兴极了。

"老鼠已经被我消灭了，请遵守你们的诺言，付给我

1000个金币。"

这时，城里人又舍不得拿出1000个金币了。他们七嘴八舌地说："那不过是口头的约定罢了，不能给你这么多金币。"

"对，1000个金币实在太多了。"

"你瞧，我们都这么穷，难道你忍心从我们身上榨取一大笔钱吗？"

男人听后露出悲伤的神情："好吧，金币我不要了。但是，请你们记住，总有一天，你们会为自己今天的行为付出代价。"

说罢，男人向城外走去。城里人为节省了1000个金币而高兴得忘乎所以，对那个男人的话不以为然。

一个星期天，大人们都上教堂去了，把小孩子留在家里看家。

突然，从广场上传来了笛声。那声音非常耳熟。

shì de   zhèng shì nà ge nán rén   shì tā zài chuī dí zi
是的，正是那个男人，是他在吹笛子。

　　dí shēng huān kuài dòng tīng   suǒ yǒu de hái zi dōu cóng jiā li pǎo le chū lái   dāng
　　笛声欢快动听，所有的孩子都从家里跑了出来。当

zhěng gè guǎng chǎng zhàn mǎn xiǎo hái zi shí   nà ge nán rén kāi shǐ zǒu dòng   xiǎo hái zi
整个广场 站满小孩子时，那个男人开始走动。小孩子

bèng beng tiào tiào de mài zhe qīng kuài de bù fá gēn zài hòu miàn
蹦蹦跳跳地迈着轻快的步伐跟在后面。

　　nán rén zǒu chū chéng wài chuān guò kōng kuàng de yě dì   lái dào yī zuò dà shān jiǎo xia
　　男人走出城外，穿过空旷的野地，来到一座大山脚下。

　　zhè shí   dà shān tū rán liè kāi   lù chū yī gè dà dòng   nán rén hé hái zi
　　这时，大山突然裂开，露出一个大洞。男人和孩子

men bèi yī zhèn fēng juǎn jìn le dòng li   jiē zhe   dòng kǒu màn màn de hé lǒng le
们被一阵风卷进了洞里。接着，洞口慢慢地合拢了。

　　cóng cǐ   xiǎo hái men zài yě bù jiàn zōng yǐng   dà ren men dōu fēi cháng hòu huǐ
　　从此，小孩们再也不见踪影。大人们都非常后悔，

kě shì yī qiè dōu yǐ jīng tài chí le
可是一切都已经太迟了。

三只熊

[俄罗斯]列夫·托尔斯泰

有个可爱的小姑娘,有一天她没跟爸爸妈妈说一声,就一个人跑到大森林里去玩。她蹦蹦跳跳地走了好远好远才发现,糟了,迷路啦,找不到回家的路了。

小姑娘在森林里转来转去,看到一座木头房子。她往窗户里瞧了瞧,发现里面一个人也没有。小姑娘好奇地推开门，走进屋里。这座房子住着黑熊一家三口，身材高大的熊爸爸哈伊尔，身材稍微小一些的熊妈妈娜斯塔霞，熊宝宝米舒卡。三只熊到森林里散步去了，都不在家。

小姑娘走进房子，看到外面一间是客厅，餐桌上摆放着三只碗，碗里都盛着粥。熊爸爸的碗最大，盛的粥最多；熊妈妈的碗稍微小一点儿，盛的粥少一点儿；第三只碗最小，是熊宝宝的。每只碗旁边都放着一把勺子，最大的是熊爸爸的，中等的是熊妈妈的，最小的是熊宝宝的。

小姑娘拿起那把最大的勺子，在最大的碗里舀起一勺粥，尝了尝又放下。然后，她又用小一点儿的勺子尝了尝中碗里的粥，然后又放下。最后，她拿起那把小勺子，尝了尝小碗里的粥，这碗粥的味道最好了。

餐桌旁摆放着三把椅子，一把最大的，一把中等的，

一把小的。小姑娘想坐下来休息一下，她爬上那把最

大的椅子，差点儿从上面摔了下来。她坐上中等的那

把，还是感觉高了点儿，坐着不舒服。她坐上那把最小

的椅子，正合适，真舒服。于是，小姑娘坐在了熊宝宝

的小椅子上，拿起熊宝宝的小勺子把熊宝宝小碗里的

粥全部喝完了。

　　吃饱之后，小姑娘舒服地坐在椅子上摇啊摇，摇啊

摇。摇了一会儿，小椅子被她给摇垮了，小姑娘摔在地

板上。她爬起来，看到餐厅旁边有一间卧室，于是就走

了进去。卧室里有三张床，一张
最大的，当然是熊爸爸的；一张中
等的，是熊妈妈的，最小的一张就
是熊宝宝的。小姑娘想爬上那张
最大的床，试了试，没成功；她又
爬上熊妈妈那张床，爬上去可又
感觉太大了；她爬上那张最小的
床，躺在上面，真舒服。一会儿，
她就睡着啦！

61

这时，黑熊一家三口散步回来啦！他们走进餐厅，正要吃粥，熊爸爸叫了起来："谁吃过我碗里的粥？"声音像打雷一样。

熊妈妈看了看自己的碗，也叫了起来："谁吃过我碗里的粥？"声音像放鞭炮一样。

熊宝宝看了看自己的碗，碗里空空的。他尖着嗓子喊："谁把我的粥吃光了？"

熊爸爸看看自己的椅子，大叫起来："谁动过我的椅子？"声音像打雷一样。

熊妈妈看看自己的椅子，也叫起来："谁动过我的椅子？"声音像放鞭炮一样。

熊宝宝看看自己的椅子，椅子倒在地板上，坏了。他尖着嗓子喊："谁把我的椅子坐坏了？"

三只熊走进卧室。

熊爸爸大叫起来："谁睡过我的床，把被子都弄皱

了？"声音像打雷一样。

熊妈妈也叫起来："谁睡过我的床，把被子都弄皱了？"

声音像放鞭炮一样。

小熊尖叫起来："是谁睡在我的床上？"

熊爸爸和熊妈妈叫起来："抓住她！抓住她！"

小姑娘睁开眼睛，看到三只黑熊，连忙从床上爬起来，扑到窗口，从窗口逃了出去。

笼子里的星星

[法国]克里斯蒂·皮诺

马克和姐姐在沙地上看星星,星星美丽的光辉照耀着夜空,让马克看得都不想睡觉。马克说:"这颗星星离我们太近了!坐气球一定能够得着它吧?"姐姐在想别的事,敷衍他说:"不行。星星也不想到地球上来!"马克不相信:"你怎么知道它们不想来?太缺乏想象力了!"一颗流星在夜空闪过,消失了。姐姐催马克去睡觉,马

克恰好看见一颗小星星划过天空，他高兴地叫起来："它在祝我们晚安呢！"

第二天晚上，马克拿着捕蝴蝶的网子在花园里玩，妈妈说："天黑了看不见，明天再抓蝴蝶吧！"可马克有自己的打算。八月的夜晚很美丽，无数的星星在天空中闪烁。又一颗闪亮的流星！马克拿起网子追上去，他跑出花园，穿过马路，从小桥上过了河，来到通往山冈的小路上。坐在老苹果树上的猫头鹰问道："你找到萤火虫了吗？"它是近视眼，分不清萤火虫和星星。马克说："只要木匠阿捷玛给我的网子安一个长把儿，我就能够

65

到天空了。"他突然兴奋地大叫起来，因为他看到前天晚上祝过他晚安的那颗星星急转了个弯，平稳地向山冈飞来，从马克的头上飞过，光芒照到他的身上，然后转了个圈，又转了个圈。马克突然感到网子里沉甸甸的，啊，那里面正是一颗星星！马克激动得心儿怦怦直跳，纱网里的星星发出柔和的光，把黑暗的榛树林都照亮了。

马克想把星星藏在一个地方，那样他们就可以在一起了。马克幸运地回到自己的房间里，没有人发现他。马克害怕别人发现了他的秘密，便把星星放在一个空鸟笼里，他的手指都被星星烫伤了！他找出一块桌布把笼子罩上。马克和小星星道过晚安就睡觉了，家里没有人发现他的秘密。可是外面的夜空却充满了不安的景象，金星比以前更红些，火星也不似往日平静，北斗星蓝色的勺子里也出现了很多神秘的变化，一些流星纷纷从银河中落下来！一个又一个的火球从马克的窗户边快速飞过，照进房间的光比中午的太阳光还要强烈！这都是因为那颗小星星，它是宇宙大家庭最小的成员，被马克抓住了，关进了鸟笼里。可是，小星星安稳地在笼子里睡觉，马克还听见了它的鼾声呢。

黎明的时候，天空安静下来。马克醒了，他打开桌布，看见星星还在那里，好像没有夜晚那么亮。"没关系，星星在白天是不发光的！到晚上就好了，重要的是千万别让人发现了！"马克把笼子藏在自己装玩具的箱子里，谁也不会看那里，因为那里实在太乱了。姐姐在厨

fáng zhǔ kā fēi，wèn tā shuō nǐ de shǒu zěn me zhè me zāng shǒushang hǎo xiàng yǒu jīn
房煮咖啡，问他说："你的手怎么这么脏？手上好像有金

zi nà shì xīng xing de jīn fěn dà jiā dōu lái kàn tā de shǒu mǎ kè dū nong
子！"那是星星的金粉。大家都来看他的手，马克嘟哝

zhe shuō dà gài shì hé li de shā zi bǎ wǒ de shǒunòngzāng le ba fù qīn shuō
着说："大概是河里的沙子把我的手弄脏了吧！"父亲说：

yě xǔ xiǎo hé li yǒu jīn zi ba jiě jie jiàn yì dà jiā qù kàn kan quán jiā rén
"也许小河里有金子吧！"姐姐建议大家去看看，全家人

dōu xià dào hé li zài shā li zhǎo qǐ jīn zi lái
都下到河里，在沙里找起金子来。

mǎ kè huí dào zì jǐ de fáng jiān dǎ kāi wán jù xiāng zi xiǎo xīng xing de yàng
马克回到自己的房间，打开玩具箱子，小星星的样

zi bù tài hǎo mǎ kè xiǎngràng tā hū xī yī diǎn er xīn xiān kōng qì suǒ yǐ jiāo jí
子不太好。马克想让它呼吸一点儿新鲜空气，所以焦急

de děng dài zhe tiān hēi tiān zhōng yú hēi le xiǎo xīng xing de guāngbiàn ruò le bàn yè
地等待着天黑。天终于黑了，小星星的光变弱了。半夜

de shí hou yī zhèn jí fēng chuī lái chuāng hu zì jǐ dǎ kāi le yī gè huǒ qiú zài
的时候，一阵急风吹来，窗户自己打开了。一个火球在

窗前飞过，转了转，停在窗台边，冒出烤人的热气。它说："马克，你抓了我的女儿，你要把它折磨死了。星星是不能离开辽阔的天空和夜晚的！"另一个火球说："孩子，打开笼子让星星回去吧，趁现在还不晚！"马克明白了，他不想做折磨小星星的人。于是，他掀开桌布，小星星几乎没有光亮了。马克把它捧在手中，温柔地抚摸着，放在窗台上。小星星像一只受伤的小鸟，吃力地向上一跃就飞走了。马克久久地站在那里，目送着它那微弱的光亮。小星星也像从什么地方，用它那神秘的语言向他表达着谢意呢。

狮王找眼镜

[法国]维尔德拉克

山岩城里的动物王国有个年老的狮王，城里的动物都很拥戴它，可狮王上了年纪，眼神越来越差，打猎时看不清楚，什么猎物都捉不到，常常饿肚子，但是，它是大王啊，怎么能随便请别人帮忙呢？

最后，狮王无可奈何地和大臣老虎说了自己的困境，老虎装作很同情的样子说："大王不用担心，我会帮您的！"但它心里却想："现在该轮到我当大王了吧！"

狮王独自在森林里转悠着，忽然闻到了人味儿，就到处寻找。山洞门口有一个老头儿，一抬头看见狮子，把他吓得直哆嗦："大王，饶命啊，我很老啦，肉也不鲜了！""不要害怕，你跑到这里来做什么？""我想在山上

过隐居读书的生活啊，大王！"老头儿晃了晃手中的书。"这是书么？我怎么只看到一些树皮？""这不是树皮，是书！"狮王很惊奇："你这么老了，怎么还能够看清楚这么小的字呢？"老头儿取下眼镜给狮王戴上："戴上眼镜就可以看到，大王！""啊，真的！我连地上的蚂蚁都看得清清楚楚了！"狮王兴奋地大叫。老头儿就把眼镜送给了狮王，作为回报，狮王向老头儿保证：一定不让森林里的动物伤害他！

狮王回到城里，所有的动物都很吃惊："怎么我们的大王突然精神了许多？""是它鼻梁上那个奇怪的东西的缘故吧？"老虎看到狮子的变化很失望，一下子得了黄疸病，所以直到现在身子还是黄色的。狮王派一名精明的小猴子专门保管眼镜，每天都用香蕉皮擦得干干净净的。有一天，趁狮王不在，老虎不顾猴子的反对，强行戴上眼镜，看它究竟有什么神奇的地方。可是，看上去一切都模模糊糊的，脑袋也昏昏沉沉的，它气馁地把眼镜丢给小猴子。

有了眼镜，狮王每天都出去打猎。一天，狮王由于前天打猎累了，睡到中午才起来。它打着哈欠，睁开眼睛，"哎呀，眼镜不见了！"小猴子到处找呀找，还是没找着。狮王命令全体臣民都去找眼镜，于是，老虎到城周围找，河马潜到水塘里找，狗到森林里转圈找，大象用长鼻子在草丛里扒拉着找。狮王发火了，朝猴子的屁股狠狠地踢去："肯定是你没有把眼镜给我戴牢！"从此，猴子的屁股就一直是红红的。狮王宣布说："不论谁，找到了眼镜就有重赏！"这个消息立即传遍了世界。一个旧

货商人听说了，觉得赚钱的机会来了，就把眼镜店里的眼镜都装进皮箱里来到山岩城。他一进宫就打开皮箱，拿出眼镜给狮王试戴。"这个戴上了好黑呀，像夜里一样！"原来是副墨镜。"这个像火烧一样，不行！"狮王又戴上了一副红色的眼镜。换了好几副，都不行，狮王发火了："滚，浑蛋东西！"商人吓跑了。大家都很着急，野猪先生拿来铁环，耗子拿来的是空圆罐，都不对。大

象急中生智，历经千辛万苦跑到人类居住的地方来找眼镜。大街上矗立着很多房子，一个戴眼镜的大人物从楼里走出来。大象伸出长鼻子，把他的眼镜摘下来塞进嘴里，转身

就跑。大人物怒气冲冲地追过来："把眼镜还给我！"许多人跟在后面大叫着追赶大象。终于，大象回到了山里，但是眼镜的玻璃片却在人们追赶的时候弄碎了。大象很伤心，可是狮王却很感动："不要紧，眼镜坏了没有什么，可把你累坏了！"大家没有办法，都责备小猴子没有保管好眼镜，小猴子也很难过，它想："我还是再检查一下大王的床铺吧。"它在床上那一大堆的草里仔细地扒拉着。"啊，找到大王的眼镜啦！"小猴子兴奋地叫起来。狮王高兴极了，要奖赏小猴子，可是小猴子说："不，这都

是我做事不小心造成的！”全城的居民像过节一样高兴，举办了庆祝宴会。它们都放开嗓门大叫着："祝贺您，大王！""大王，可别再把眼镜弄丢了！"唯独老虎缺席了，因为狮王找到了眼镜，它的希望落空了，绝望中它又生病了。

狡猾的小猪

[法国]皮埃尔·格里帕里

小上帝想创造一个世界，妈妈允许了，做完功课后，他拿出一张纸和几支彩笔，开始创造起世界来。

他先创造了太阳先生和月亮太太，还给了他们一个小女儿小晨光。接着又创造了植物和飞禽走兽，最后创造了地面上最聪明的动物——人类。地上满是生灵，可天空什么也没有，小上帝便叫："谁愿意到天上来？"小猪贪吃着橡栗没有听见，其他的

77

动物都听见了，它们挤作一团，叫嚷道："我！我！"小上帝就用一种叫作星星的钉子把它们一个个钉在天穹上，这样，天上就出现了：公羊座、公牛座、天蝎座、巨蟹座、人马座……一切就绪后，天上星星闪烁，美丽极了。太阳说："太美了，可我起床时会把它们烤干的！"这点小上帝没有想到，他想了一下说："那就叫小晨光每天比她父亲早点儿起床，把天上的居民从钉子上取下来，晚上等太阳入睡后，再把它们钉上去！"小上帝安排好了，正要去睡觉，小猪却气喘吁吁地跑来："还有我呢，我也要住在天上！怎么不通知我？""我呼唤志愿者时，你没有听见吗？""我，我在吃橡栗……"小猪红着脸说。它请求小上帝给它一个机会，可天上已经住满啦，小上帝也没有办法。小猪气得在地上打滚："我要去天上！"谁也不理它，

它就抱怨说："哼，我知道没有人爱我，小上帝也一样，他故意在我吃饭时叫喊，就是为了不让我听见！我不能这样罢休，我要报仇！"它爬起来去找小晨光。

小晨光刚刚起床，小猪就进来了："可怜的小晨光，你的父母对你太苛刻了！要你这么小的孩子天不亮就起床，摘下天上的星星，晚上还要熬到深夜把它们钉上去！"小晨光笑了："你说的什么话呀，这是我的工作！我很乐意做，不关我父母的事！"小猪只好说："那么，让

我为你服务吧。我和你一起上天，帮你干活儿！"小晨
光说："好吧，如果你觉得这样很快乐的话！"小晨光背
起大口袋，他们出发了。到了天上，小猪拎着口袋，小晨
光摘下一个个星星扔进去，当她扔北极星时，小猪迅速
地跳上去，把星星一口吞了下去，小晨光在后面大叫，小
猪飞快地逃走了。东方泛白了，小晨光的工作还没做完，
所以她不能立即去追小猪。

可怜的小晨光，完成工作后就去找小猪。从凌晨
到正午，她走遍了亚洲；从正午到下午四点，她走遍了非

洲；下午四点后，她走遍了欧洲，都没有找到小猪。狡猾的小猪知道有人追它，便躲在巴黎布罗卡街萨伊德爸爸的店铺里。家里只有玛丽卡和娜茜达姐妹，她们看见玫瑰色的小猪气喘吁吁地跑进来说："求求你们，救救我！一个叫小晨光的小姑娘在追杀我！"姐妹俩不相信。小猪就挤出大滴大滴的眼泪："真的，她要吃掉我！"姐妹俩相信了，她们把小猪藏在地窖里。小猪说："如果有人问，你们就说没有见过我！千万不要相信她的话，她会说我吃了她的星星！这怎么可能呢？也不要告诉你们的父母！"姐妹俩齐声说："知道啦！"但一会儿她们就猜疑起来："它的身体为什么会发光？""为什么不能告诉父母？"最后，她们说："既然我们已经接受了它，就不能背叛诺言！"

下午五点时，小晨光来到店铺："你们看见一头小猪了吗？""全身通红，闪闪发光的吗？"玛丽卡问。"正是！""不，我们没有见过！""那么打扰了！"小晨光正要离开，又返回来："你们没看见，怎么知道它的身体发光呢？""那是因为它吃了一颗星星！"娜茜达回答。"是啊，你们没有见到吗？""没有！""好吧。"小晨光又离开了。但她马上又回来了："真没有看见？""是的，绝对没有！"姐妹俩齐声回答，但是她们的脸涨红得像两朵牡丹花。晚上，爸爸妈妈回来了。"今天发生什么事了吗？""啊，没有，一切都很好。"小姐妹俩回答。

小晨光走遍了世界，一无所获。晚上，小熊挡住她：

"我的北极星呢？""我把它弄丢了，但我发誓明晚之前一定找到它！不要告诉别人！"小熊发怒了，叫起来："我要我的北极星！"叫声召来了月亮妈妈。小晨光只好告诉了妈妈，妈妈告诉了爸爸。太阳非常愤怒："这太危险了，可恶的小猪！"为了不烤坏其他的生物，太阳穿上黑大衣，戴上黑帽子、黑披肩、黑眼镜和黑面具，降落在萨伊德爸爸家。"我要和您谈谈！"他告诉萨伊德爸爸所发生的事情。爸爸把孩子们叫过来，姐姐和弟弟说：

"我们今天不在家！"玛丽卡说："没有！"还问娜茜达："你见过小猪吗？""啊，没有！"太阳说："你们肯定没有见过吗？一头绿色的小猪，一个有一条木腿的老先生在追赶它！""不对！"玛丽卡生气地说，"它是玫瑰红的！"娜茜达也大声说："追它的是个小姑娘！"这下全露馅儿了。爸爸生气了："你们居然撒谎！"姐妹俩哭起来："我们以为在做好事，它说小姑娘要杀死它！"爸爸要打她们的屁股，可太阳阻止了他。太阳和蔼地问："那它藏在哪儿？""地窖里。"太阳把小猪拎出来，小猪挣扎着："放开我，放开我！""把星星吐出来！"大家拿来各种药剂让小猪吃下去，小猪开始呕吐，可是，星星没

yǒu chū lái　　yī shēng ná lái xiè yào yě méi yǒu yòng
有出来。医生拿来泻药也没有用。

yǐ jīng dào le　líng chén wǔ diǎn bàn　　tài yáng mǎ shàng yào
已经到了凌晨五点半，太阳马上要

shàng bān le　　bù néng zài děng le　 yú shì tā ná lái
上班了，不能再等了，于是他拿来

sà yī dé bà ba de dà dāo　chā jìn xiǎo zhū de bèi
萨伊德爸爸的大刀，插进小猪的背

bù　 qǔ chū le běi jí xīng　xiǎo zhū téng de zhí liú
部，取出了北极星。小猪疼得直流

yǎn lèi　 wèi le chéng fá tā　 tài yáng bǎ tā biàn chéng
眼泪。为了惩罚它，太阳把它变成

le yī gè chǔ qián guàn　 bìng shuō zhǐ yǒu qián guàn bèi
了一个储钱罐，并说只有钱罐被

zhuāng mǎn le xiǎo zhū cái néng dé dào shì fàng　 kě shì
装满了小猪才能得到释放。可是

hái zi men cháng cháng yào dào diào lǐ miàn de qián　 guàn
孩子们常常要倒掉里面的钱，罐

zi hěn nán zhuāng mǎn　 xiǎo zhū yě jiù zhǐ néng yī zhí
子很难装满，小猪也就只能一直

zuò yī gè chǔ qián guàn
做一个储钱罐。

王子娶了一只青蛙

[意大利]伊泰洛·卡尔维诺

有三个王子都到了结婚的年龄。老国王怕他们挑选新娘子时起争执，就说："你们把石头投向远方，石头落到哪儿，你们的新娘就在哪儿。"

大王子的石头落在一家屋顶上，那家是做面包的，刚好有个漂亮的女儿未出嫁。二王子的石头呢，落到了纺织女工的窗前，她是一个脸色苍白、缺少营养但腰肢纤细的姑娘。小王子的石头却很不幸地落到了一条水沟里，他在那儿找啊找，一个人影也找不到，只看到一只青蛙在岸边呱呱叫。

小王子说："我可不怎么喜欢你。"

青蛙说："等我变漂亮的时候，你会爱上我的，我会成为一个能干漂亮的妻子。"

三个王子向国王汇报了这些情况，国王可是说话算话的，尽管小王子一脸的不乐意。国王说："你们谁的未婚妻最能干，谁就可以继承我的王位。"说完就给三个儿子分了一些麻，叫他们的未婚妻在三天之内纺完，比比看谁纺得最好。

两个哥哥都开心地拿着麻去找未婚妻了。小王子很泄气地拿着麻来到水沟边，对着水沟里叫道："青蛙，你快出来。"

青蛙从水里跳到岸上，王子说："我真倒霉，我可真的不太喜欢你啊。这麻要在三天内纺好，纺得最好的妻子可以做王后。我还有什么希望呢？你会纺吗？"

青蛙很委屈地说："我一定会纺得比她们好的，等你看到我变得漂亮的时候，你也一定会爱上我的。"

三天后，两个哥哥取来了纺好的线。面包房的女儿纺得很好，纺织女工的更是漂亮。小王子呢，他低着头难过地递给国王一个核桃。他原本不想交给国王的，但他也很好奇，想看看核桃里面有什么。两个哥哥在一边等着看他的笑话呢。只见国王打开核桃，里面装着一团丝线，线细得像蜘蛛网一样，国王拉出丝线来，越拉越长，国王就说："这线怎么这么长啊，没个头似的。"话一说完，线就拉到头了。

毫无疑问，青蛙的线是纺得最细最好的了。国王默不作声，他想："得再考一次，不然谁会同意让一只青蛙来做王后呢？"刚好他的猎犬生了三只小狗，国王就把三只小狗交给三个王子，叫他们的未婚妻去喂养，一个月后看谁喂得最好。

一个月很快就到了，面包女喂的那只狗天天吃面包，长得高高大大的。纺织女的那只狗却是瘦得皮包骨头，因为她家里穷，没什么东西可吃。小王子带回来的是一只金笼子，里面装着一只油光发亮的狗，穿着小褂子，脖子上还戴着饰带，打扮得很漂亮。它学着人的样子走路，还对着国王鞠了一躬，还会数数儿，跳舞，把国王逗得乐呵呵的。于是，小儿子就要继承王位了，青蛙也将要成为王后。

他们三兄弟的婚礼在同一天举行。两个哥哥虽然没有当上国王，但要结婚了，还是兴高采烈地拿着戒指、坐着马车去接新娘子，两位新娘子也是打扮得珠光宝气。只有小王子，垂头丧气地来到水沟边接青蛙新娘。青蛙坐在一辆由无花果做成的车上，四只蜗牛站在车的四边，看来它们就是车夫了。小王子的马车在前面跑，蜗牛拉的车实在是太慢了，小王子不得不无数次地停下来等青蛙。这次等的时间太长了，他竟然睡着了。等小王子醒来时，发现后面跟着的不是青蛙的车子，而是一辆镶满了金子的马车，车厢里铺着天鹅绒，里面坐着一位天仙般的姑娘，穿着绿色的衣衫。她对小王子微笑着。

小王子疑惑地问道："你是谁啊，青蛙呢？"

姑娘对小王子说："我就是青蛙啊。"怕小王子不相

信，她打开一个珠宝盒，里面放着无花果做的车子，还有一张青蛙皮、四个蜗牛壳。她接着说："我本来就是一位公主，由于被坏人施了魔法才变成一只青蛙。只有当我遇到一个不晓得我的美丽容貌，但也不嫌弃我，愿意跟我结婚的王子时，我才能变回原来的样子。"

小王子听了，开心地带着公主回宫了。老国王也信守承诺，让小王子和他的青蛙新娘当上了国王和王后。

从此，他们就幸福地生活在了一起。

和梨子一起卖掉的小女孩

[意大利]伊泰洛·卡尔维诺

有个人的院子里有一棵梨树，每年能收四筐梨子，刚好够给国王交税的。今年，却只收了三筐半梨子。他想了很久，就把最小的女儿装到了筐子底下，再盖上些梨子和梨树叶，这样就没有人发现了。

这四筐梨子和往年一样，被人送到了王宫后的一个仓库里。小女孩和梨子一起被锁在那儿，她饿了就吃梨子。宫里的仆人发现梨子变少了，又找到一些梨核儿，以为仓库里有老鼠。他们仔细地检查，结果就发现了小女孩。他们没有为难她，只是把她带到厨房里去做小工。

因为是在梨堆里发现她的，所以大家都叫她梨娃。她是个很讨人喜欢的姑娘，而且心灵手巧。由于和王子差不多大，连王子也喜欢和她一起玩儿。

梨娃长大了，一天比一天漂亮，就有仆人妒忌她了。她们到处说梨娃的坏话，还说梨娃不知天高地厚想要去取巫婆的珍宝。这话传来传去就传到了国王那儿。国王叫人找来梨娃，说："你要去取巫婆的珍宝吗？说过的话可要算数啊。"

梨娃连连摆手说："没有，没

yǒu wǒ méi yǒu shuō guo a shì tā men luàn shuō de
有，我没有说过啊，是她们乱说的。"

guó wáng gēn běn jiù bù xiāng xìn lí wá shuō de huà tā jiào lí wá qù qǔ zhēn bǎo
国王根本就不相信梨娃说的话，他叫梨娃去取珍宝，

qǔ bù huí lái de huà jiù yǒng yuǎn bú yào huí wánggōng le
取不回来的话，就永远不要回王宫了。

lí wá gēn běn bù xiǎo de yào qù nǎ er qǔ zhēn bǎo jiù yī zhí xiàng qián zǒu a
梨娃根本不晓得要去哪儿取珍宝，就一直向前走啊

zǒu tiān hēi le tā yù dào yī kē lí shù jiù pá shàng zhī tóu zuò zài zhī yā shang
走。天黑了，她遇到一棵梨树，就爬上枝头，坐在枝丫上

shuì zháo le
睡着了。

dì èr tiān zǎo shang yǒu gè lǎo pó po zài shù xia wèn lí wá xiǎo gū niang
第二天早上，有个老婆婆在树下，问梨娃："小姑娘，

nǐ zài shàng miàn gàn shén me a xiǎo xīn shuāi xià lái
你在上面干什么啊，小心摔下来。"

lí wá jiù bǎ zì jǐ shòu de wěi qu duì lǎo pó po jiǎng le lǎo pó po gěi le
梨娃就把自己受的委屈对老婆婆讲了，老婆婆给了

她三磅猪油、三磅面包和三枝高粱穗，还教了她一些咒语，告诉她一直往前走，就会找到珍宝的。

梨娃带着那些东西一直走啊走，碰到了一座面包炉。有三个烤面包的女工在用自己的头发打扫炉子上的灰。梨娃把高粱穗送给她们打扫炉子，她们把面包炉挪开让梨娃过去了。

走啊走，三条凶狠的大黑狗挡在了她的面前。它们伸出红红的舌头，朝着梨娃跳着，要扑过来的样子。梨娃就把三磅面包扔给它们。它们有面包吃，也让梨娃过去了。

梨娃继续朝前走，又被一条大河拦住了去路。河水

95

像血一样红，深不见底的。她想起老婆婆教的咒语，就对着河水念了一遍。河水果然没有了，梨娃可以过去了。

走过河去，梨娃看到了一座漂亮的宫殿，比国王住的那个要漂亮多了，只是宫殿的大门开合得很快，根本就没办法进去。梨娃就把猪油倒在门的铰链上，大门就可以正常地开关了。

梨娃走进宫殿，看见桌子上放着一个珍宝盒。她抱起珍宝盒，来不及细看，就要离开。还没走到宫殿门口，就听见珍宝盒说："大门，大门，快把她夹住，不要让她过去。"

大门却说："她给我上了油，我好长时间没有上过油了，我不能夹死她。"

梨娃往回走，又走到了河水面前。盒子对河水说："快淹死她，不要让她过去。"

河水却说："她夸我是美丽的溪水，我不能淹死她。我要放她过去。"

过了河，又碰到了那三条狗。

梨娃想："这次没有面包了，不晓得能不能过去呢？"

珍宝盒对着三条狗说："快点儿咬死她，不要让她过去。"

三条狗却说："她给我们面包吃，我们不能咬死她。"

经过面包炉的时候，盒子对

炉子说："烧死她，不要让她过去。"

烤面包的女工却说："她送我们高粱穗，以后我们打扫炉子时，就不用割掉自己的头发了。我们要让她过去。"

快到王宫了，梨娃忍不住想看看盒子里到底装的是什么。她打开盒子，一只金母鸡和一群金小鸡从里面跑了出来，它们一下地，就跑得飞快。梨娃怎么追也追不上。追到梨树下的时候，梨娃又碰到了那个老婆婆。老婆婆拿着小木棍帮梨娃将金母鸡和金小鸡赶到了盒子里面。

快到王宫门口了，国王的儿

子跑过来对梨娃说:"如果国王要奖赏你的话,你就说要地下室装煤的那个黑箱子。"

在王宫门口,国王正带着文武官员等着看她带回来的珍宝呢。梨娃把金母鸡和金小鸡给了国王。国王就问:"我要奖赏你,你想要什么啊?"

梨娃说:"我要地下室那个装煤的黑箱子。"

国王叫人抬来了黑箱子,梨娃打开箱子,王子从里面跳了出来。

于是国王就让梨娃和王子成亲了。

金色的星星

[日本]滨田广介

离天上的银河不远的地方，有三颗并排的星星。这些星星很小，是同年同月同日生的，可它们彼此都不一样：一颗是蓝的，一颗是红的，还有一颗看上去很小，根本就弄不清颜色，只是散发着微弱的光。

当夜幕降临的时候，这三颗小星星就待在各自的地方，放射着光芒。可是，在天黑之前，有一件事，三颗小

星星一定得做。什么事呢？就是它们必须从银河里取来第二天做早饭用的水。若不这样，万一遇到夜晚下雨，银河里的水被弄脏了，就不能做早饭了。

傍晚时，三颗小星星各自提着一个水桶，到银河打水去。它们并排站在银河边上，小心翼翼地用桶打满水。这时，天边红色的晚霞映照在银河里，反射在三颗星星身上，美丽极了。

"呵呵……真美！"

"真的，好像有火在烤着我们呢。"

"嘿，瞧桶里……好漂亮的光啊。"

三颗小星星说着话，离开了河边，还时不时瞅瞅水桶里闪烁的水波。快到家的时候，晚霞的光辉，闪烁的光，都消失了。

不过，当黑夜来临的时候，桶里的水面又开始发出美丽的光。这是星星自己的光彩。你看星星们一张张闪光的脸孔，映照在桶里的水面上，一样有漂亮的光。

可是，在第三颗星星的桶中，只有微弱的一点点光，而且，并不美丽。

"瞧，我的桶好像装着一块蓝宝石啊！"

"瞧，我的里面是一块红宝石。"

两颗星星自顾自说着话，提着水桶高高兴兴地向前面走去，第三颗小星星默默地跟在后面。

当它们来到一个三岔口时，面前有一棵很大、很老的树。星星们发现树根下有一个黑乎乎的东西在动，它们停了下来。

"啊！是只喜鹊啊。"

"它怎么上这里来了？"

红星星和蓝星星小心地抱着水桶，伸着脖子仔细打量喜鹊。

喜鹊躺在地上，浑身沾满了污泥，全身紧缩，眼睛紧闭着。

hǎo zāng de xǐ què ya
"好脏的喜鹊呀！"

jiù shì yě bù zhī shì cóng nǎ lǐ lái de
"就是，也不知是从哪里来的？"

xīng xing men yòng shǒu zhǐ pèng le pèng xǐ què xǐ què hái huó zhe chì bǎng dā la
星星们用手指碰了碰喜鹊，喜鹊还活着，翅膀耷拉

zhe liǎng zhī jiǎo zài bù tíng de duō suo
着，两只脚在不停地哆嗦。

zhēn kě lián
"真可怜！"

kě zán men yǒu shén me bàn fǎ ne
"可咱们有什么办法呢？"

hóng xīng xing hé lán xīng xing
红星星和蓝星星

gǎn kǎi le yī fān zhǔn bèi lí
感慨了一番，准备离

kāi le dì sān kē xiǎo xīng xing
开了。第三颗小星星

zhàn zài páng biān mò mò de kàn
站在旁边，默默地看

zhe xǐ què màn màn còu lǒng
着喜鹊，慢慢凑拢，

bǎ xǐ què bào zài le huái li
把喜鹊抱在了怀里。

nǐ zhè shì zài gàn shén
"你这是在干什

me ne xīng xing men wèn dào
么呢？"星星们问道。

wǒ wǒ gěi tā
"我……我给它

洗洗。"第三颗小星星回答道。

"这不是做饭用的水吗?

你要是用完了,可得自己再

去提。"红星星说。

小星星没有回答,它整

理了一下喜鹊的羽毛,开始

把桶里的水一点儿一点儿地

浇在喜鹊那肮脏的翅膀上。

这时,天色渐渐黑了。红星星和蓝星星彼此看看,

它们得先走了,不然就赶不上晚上发光了。

两颗星星走了,只留下第三颗小星星一个人照料喜鹊。

小星星用指尖轻轻地把喜鹊翅膀上的污泥清洗掉,

然后是身体、尾巴。"啊,这儿也有泥呢。"小星星用水把

喜鹊眼眶里的污泥也清洗干净了。喜鹊渐渐恢复了元

气,它抖了抖身体,眼睛里慢慢散发出金色的光芒。

小星星吓了一跳，这金色的光芒越来越明亮，越来越刺眼。接着，喜鹊展了展翅膀，叫唤了一声，一下子飞了起来。

"再见！小喜鹊，小心！"小星星对喜鹊喊着。

喜鹊飞走了，这时天也一片黑暗，可小星星还得到银河里去打水，不然明天可就难说了。

小星星急急忙忙拎着水桶向银河跑去。在广阔的银河边，已经没有什么人了，周围静悄悄的。小星星摸黑到了河边，打了一桶水，又急急忙忙往回赶。

路上一点儿光也没有，幸好小星星已经很熟悉这条路。它走着走着，突然，看见水桶里好像闪烁着金色的光辉。

"啊，这是？"

小星星惊异地叫着，它左右四顾，周围还是黑蒙蒙一片，桶里的那种金色的光辉随着水面的平静清晰了：

106

水里反射的是一颗金光闪闪的小星星，非常好看。原来，这正是小星星自己的倒影呢！

这些光芒不是从小星星的脸上或者身上发出来的，而是从小星星那善良的心底发出的，所以，在周围黑暗一片的时候，依然那样明亮。在以后的黑夜里，抬头看天上无数颗美丽的星星时，只要留心，你就可以看见这颗很特别的从心底发出光芒的金色的小星星。

巧克力天使

[日本]小川未明

蓝蓝的天空底下，静静地直立着几根巨大的烟囱，正冒着缕缕的黑烟，这是一座巧克力工厂。这儿生产的巧克力被装在统一的小盒子里，盒子的包装纸上都画着一个可爱的天使。这是长着翅膀的小孩子的图画，小天使们静静地待在画纸上，随巧克力被运到各地。

每个天使的命运有所不同，有的被当作废纸，扔到垃圾里；有的被丢到燃烧的炉子里，化为灰烬；有的被随手丢在地上，混在路上的泥泞中，被路人践踏。吃巧克力的孩子们，总是随手就把包装纸丢了，天使的命运其实也没什么太大差别。

不过，天使终究是天使，尽管被当作垃圾、被烧掉、

被践踏，它们完全感觉不到什么，只是到了最后，它们的

魂魄会飞向天堂。

一辆急驰而过的火车上，装运着工厂里生产的巧克

力。天使们随着火车，在黑暗的车厢里，不知道将要到

哪儿去。火车穿越田野、丘陵和稀疏的

村庄，向东北方行驶。傍晚的

时候，火车在一个荒凉的小

站逗留了一会儿，巧克力在

这里被卸下来，火车很

快就开走了。

巧克力包装纸上的天使带着一点儿担心,迷迷糊糊地被分了堆,送到各个不同的地方去。有个装了100多盒的大箱子被运到了一个小镇上去。

这天,一个男人推着一辆推车来到镇上的一家糖果店,推车里装了三十几盒巧克力。天使待在车上,感受着车辆的颠簸,知道这是在村间的小路上,想必两旁有绿油油的田野吧。这时,推车停了一下,原来,路上遇到一个同伴,推车男人正和他在聊天呢:"到哪儿去呀?"

"到村子里送点儿糖果。每年这个时候呀，正好把东京来的头一批货送过去。"

天使知道，这个时候村里的田地里还留着残雪，在

蔬菜的青绿里夹杂着一块块的雪白。进村的时候，它们听到了外面鸟儿的叫声此起彼伏，更吵的是孩子们的喊叫声。然后，推车停住了。

推车男人打开货物，取出一些巧克力，还有一些糖果，放到了一家点心铺的柜台上。

点心铺的老板是个女人，过来把柜台上的糖果清点了一下，摸了摸巧克力上的天使，说道："这巧克力是一毛钱一盒，还是五分钱一盒的？要是五分钱的话就再拿点儿。"

"都是一毛一盒的。"推车男人回答。

"哎呀，"女老板皱了皱眉，"一毛的在这里很难卖得出去，就留三盒吧！"

于是，有三盒巧克力被留下

了。老板把它们装在一个干净透明的玻璃瓶里，摆在柜台上，经过的人都可以看到包装纸上微笑的天使。

推车男人离开了，他还要到更多的地方去。同一工厂的巧克力被这样运送到各个村落里，让各个地方的孩子们都有机会品尝到巧克力的味道。这些巧克力天使一个个在不同的地方，不同的时间分离。而且，只有到了天堂，才有可能互相说说各自的命运。

天使在玻璃瓶里看着外面的世界。天黑的时候，晚上寒冷而冷清；天亮的时候，鸟叫起来，孩子们喊叫起来。有些孩子还目不转睛地盯着天使看，可是正如女老板说的，这里的孩子买不起一毛一盒的巧克力。

夏天很快就来了，燕子在河面上飞过，也有些游客来到，可是总是说很多话，看也不看巧克力。慢慢地，透明干净的玻璃瓶蒙上灰尘，天使们看世界也没什么兴致了。

终于，冬天又到了，巧克力天使仍在同一个地方待着。这时，点心铺来了一位老奶奶。

老奶奶问："要是给孙子寄点儿东西吃，该寄什么呀？"

女老板回答："我这里可没什么高级点心，不过有些巧克力。您看怎么样？"

老奶奶顺着老板的指示看了看玻璃瓶里的巧克力，问："这是哪里的巧克力啊？"

老板说："这是从东京运来的。"

老奶奶高兴起来，说道："我就是要寄到东京我孙子那里去呀，本来只做了点儿年糕，这下好，再加点儿巧克力吧！"

老奶奶一下子把三盒巧克力都买了。

于是，第二天夜里，就在巧克力天使离开东京一年之后，它们又回到了东京。

老奶奶的孙子们兴高采烈地把巧克力扔进了嘴里，包装纸上的天使终于到了去天堂的那一刻。其中一个天使将视线投向地面。在城市的一边，几个冒着黑烟的烟囱正静静地立在那里，那里是自己诞生的地方。往上看，天空依然蓝蓝的，而且越来越亮。

金塔勒的故事（上）

[德国]汉斯·法拉达

小姑娘安娜·巴巴拉从小和奶奶相依为命，过着贫穷的日子。每次遇到棘手的事情，奶奶总是说："要是我们有金塔勒就好了。"因此，小姑娘相信金塔勒一定是一种神奇的、能改变她命运的东西。奶奶去世后，安娜便决定离开家乡，去寻找金塔勒。

这是个冬天，雪积得很高，安娜出发了。天真冷啊，不一会儿，安娜已经冻得像只瘦小猫了。她漫无目的地在雪地上行走着。

这时，一驾雪橇驶来了。雪橇由一匹白马拉着，上面坐着一个瘦瘦的、个子很高的男人。

瘦高个儿男人打量了安娜一眼，问道："小姑娘，这么冷的天，你一个人要到哪儿去？"

"我要到一个能挣到金塔勒的地方去。"安娜回答。

"哦，"瘦高个儿说，"你愿意照顾我和我的白马吗？"

"你叫什么名字？"小姑娘问，"到你那儿干活儿能挣到金塔勒吗？"

"我叫汉斯·盖茨，"瘦高个儿说，"只要你老老实实帮我干三年活儿，那你一定能得到的。"

小姑娘欣然同意了，她翻身一跃上了雪橇。汉斯用鞭子抽了一下白马，白马慢慢地迈动步子，向前驶去。当

原始的冷杉树映入眼帘的时候，白马停住了。"我们快到家了！"汉斯说。

安娜睁大了自己的眼睛，但是她并没有看到一座房子，只看到一垛腐烂的麦秆。接着，汉斯把白马解了下来，他命令道："躺下吧，白马！"白马于是在厚厚的雪地上躺下了。

"跟我来。"汉斯边说边爬到那垛草堆上。只见草堆上有一个很大的黑洞，这个洞直通地下。他们相继跳了下去。穿过一道帷幔，他们来到了一间简陋的大厅里。

"我们该美美地吃些什么了。"汉斯说。然后，他取来一块已经发霉的面包，一块烧煳了的肉皮和一只烂苹果，说：“别客气，放开肚皮吃吧！”

第二天，天才蒙蒙亮，汉斯便带着安娜来到一个地窖，地窖里摆着十几只圆桶，桶里装满了堆积着尘垢和铜绿的铜钱。此外，还有一张小桌子，桌子上有一块小面包、一只小酒杯和一个小酒瓶，桌角还放着一块抹布。

“从现在起，你要做的就是把这些铜币擦得干干净净，不留一点儿污渍，”汉斯说，“做完这些，你就可以挣到三分之一的金塔勒了。”

可怜的小姑娘只好坐下来，开始擦那些铜钱，可是，擦了很久才擦亮一枚铜钱。她一直擦到肚子饿

了才拿起面包和小杯子，开始吃面包喝牛奶。

这时，一个细微的声音说："给我点儿吃的和喝的吧！"她仔细看了看四周，根本没见人影儿。于是，她接着吃自己的。"给我留一点儿吧，我又饥又渴呢。"那个声音又说，"我在瓶子里，是我让你的洗涤水保持干净的，快救我出来吧！"

安娜不知所措地打量了一下瓶子，原来水里坐着一个只有指甲般大小的人儿。她拿来一根麦秆，小人儿机灵地顺着麦秆爬出来，坐在瓶塞上。

kuài gěi wǒ xiē chī de hé hē de   xiǎo rén er cū bào de shuō
"快给我些吃的和喝的！"小人儿粗暴地说。

ān nà bù duàn de bǎ chī de hé hē de dì gěi xiǎo rén er   zhōng yú   xiǎo rén
安娜不断地把吃的和喝的递给小人儿，终于，小人

er chī bǎo le   tā xīn mǎn yì zú de zuò zài píng sāi shang shuō dào   nǐ gàn de bù
儿吃饱了。他心满意足地坐在瓶塞上，说道："你干得不

cuò wǒ yào tì nǐ zhǔn bèi xǐ dí shuǐ   hǎo ràng nǐ de huó er gàn de fēi kuài
错，我要替你准备洗涤水，好让你的活儿干得飞快。"

zhè xiē qián bì huì cā de hěn liàng ma   ān nà wèn dào
"这些钱币会擦得很亮吗？"安娜问道。

huì de   xiǎo rén er lěng dàn de huí dá   nǐ jiào shén me míng zi
"会的。"小人儿冷淡地回答，"你叫什么名字？"

ān nà   bā bā lā   ān nà shuō
"安娜·巴巴拉。"安娜说。

zhè zhēn shì gè nán tīng de míng zi   xiǎo rén er shuō   yǐ hòu wǒ jiào nǐ
"这真是个难听的名字。"小人儿说，"以后我叫你

bǎo bèi   ba
'宝贝'吧。"

安娜哈哈大笑起来，这称呼可真要让她笑掉大牙了。

小人儿气得脸色绯红，大叫道："我就要叫你'宝贝'，你要叫我'亲爱的'，等时机成熟，我们就举行婚礼。"安娜捂住嘴巴，笑得腰都直不起来了。"等着瞧吧，"小人儿气势汹汹地说，"我一定要娶你做我的妻子。"说着，他一头栽进瓶子里，洗涤水冒出一股股气泡。

安娜又开始干活了。这会儿，她擦得非常顺利，只要在脏钱币上擦一下，它就闪闪发亮了。

就这样，他们俩一起干了好多天活儿。每天同吃一块面包，共喝一杯牛奶。当她擦完最后一枚铜币时，摇了摇桶里的铜铃。

地窖的门"咯吱"一声开了，汉斯走了进来，不耐烦地问道："都擦干净了吗？一个也没落下？"他一边问，一边检查桶里的钱币。

"不错，你已经挣到三分之一的金塔勒了。"汉斯

说，"跟我来，再干另一份活儿，你就能挣到第二份金塔勒了。"

"求你发发慈悲，放我走吧！"安娜恳求道。

"在没干满三年之前，"汉斯说，"你再哀求也没有用，老实点儿干活吧。"

说完，汉斯拉着她的胳膊，把她拽到另一个地窖里。这个地窖里放着装满银币的木桶，木

桶比从前的那个地窖多多了。安娜伤心地哭了起来。

"哈哈，你活该如此！"一个幸灾乐祸的声音说，"谁让你想撇下我，一个人逃到外面去？"

"我可什么都没答应过你！"安娜恼怒地说，"你永远不可能成为我的丈夫的！"

"是吗？"小人儿尖刻地问，"那好，我再也不帮你了，你永远也别想从这儿出去！"说完，他气冲冲地跳回瓶子里。这次，瓶子里没有出现气泡。

金塔勒的故事(下)

[德国]汉斯·法拉达

安娜又开始干活时,不管她怎么用力擦,那银币就是不亮。她绝望地坐到地板上,心灰意冷。不一会儿,她靠着墙迷迷糊糊地睡着了。

"救命!救命!"一个尖细的声音大叫。

安娜一骨碌爬起来,只见两只老鼠,一只叼着一块面包,另一只叼着那个正在尖叫的小人儿。安娜抓起一把银币朝老鼠扔去,老鼠吓得丢下猎物,"吱吱"叫着逃跑了。

"你救了我,安娜,"小人儿说,"我不让老鼠吃你的面包,它们对我很凶。我决定还是帮你,只要你答应无论如何都不离开我。"

"我发誓，以后一定不离开你。"安娜说。

从此，他们合作得很默契，再也不怄气了。很快，安娜擦干净了最后一枚银币。她摇响了桶里的银铃。门又"咯吱、咯吱"地响了几声，汉斯走了进来。他检查完安娜干的活儿，抓住她的胳膊来到第三个地窖。第三个地窖里放着许多装满黄灿灿的金币的木桶。

"啊，我的金塔勒一定在这里边！"安娜兴奋得大叫起来。"除非你找到它，否则你就别想得到它！"汉斯恶狠狠地说。说完，他走了出去。"小人儿，出出主意吧！"

安娜说，"告诉我，怎样才能得到我的金塔勒？"

"我也无能为力啊。"小人儿说，"你只有听从自己的心了，只有它能指引你得到金塔勒。"

安娜又开始擦金币了，她擦了一枚又一枚，可是她的心总是默不作声。不久，安娜擦完了最后一枚金币，可是她的心始终一声没吭。

"我的心没有帮我找到金塔勒，"安娜忧伤地说，"而且我也没有发现桶里的金铃，我没法叫汉斯来替我们开门了。"她沮丧地坐到桌子旁边。

"给我一点儿面包，安娜，"小人儿说，"我饿了。"

安娜把最后一点儿面包屑塞到小人儿的嘴巴里。小人儿迫不及待地咀嚼起面包来。突然，他的脸一下子扭曲了，一只手捂住嘴巴，大叫起来："哎哟，痛死我了，面包里有石子儿！"他边叫着，边吐出一粒金灿灿的小石子儿。

安娜拾起那粒石子儿，石子儿在她手中膨胀起来。安娜仔细地打量着它，心"怦怦怦"地越跳越剧烈。"这

就是我的金塔勒，我的心在同我说话了！"安娜高兴得大叫起来。小人儿也兴高采烈地盯着金塔勒，一边叫道："多漂亮的金塔勒呀！快，安娜，快擦擦！这儿还有一个讨厌的小红点呢。"

安娜连忙拿来抹布，倒了一些洗涤水，开始擦起来。可是，直到她擦得筋疲力尽，那个斑点依然刺目地留在那儿！"我不擦了！"安娜说。

"别泄气！"小人儿说着，跳进瓶子里，开始调制起洗涤水来。安娜倒了一滴洗涤水在抹布上，然后擦拭起来。可是，她的抹布一挪开，金塔勒就仿佛笼罩上了一层薄雾，小红点也始终不肯离去。"别擦了，"小人儿沮丧地说，"反正这枚金塔勒也不能帮我们逃出去！"于是，他们闷闷不乐地坐在桌边，一句话也不说。

过了很久，小人儿又说话了，声音很微弱："我饿了，安娜，再给我吃些面包吧！"

"你把我们最后一点儿面包全吃光了，你不记得了吗？"安娜吃惊地说。

"哦，真可怕呀！我就要死去了。"小人儿说着，倒了下去。安娜连忙用手接住了他。

"亲爱的小人儿，千万别撇下我一个人！"安娜尖声叫道，泪水爬满了她的脸颊。一滴泪珠落到金塔勒上，轻轻地滚动着，渐渐地金塔勒越来越亮、越来越亮，那个小斑点也消失了！

"快醒醒！亲爱的小人儿！"安娜欢叫起来，"金塔勒发亮了！"

"你终于愿意叫我'亲爱的'了，"小人儿高兴地说，"那么你能给我一个吻吗？"

"我非常乐意这么做，亲爱的！"安娜笑道。说着，她闭上眼睛给了他一个深深的吻。接着，她松开他，睁开了眼睛：面前出现了一个英俊的小伙子，他正微笑着深情地看着她，目光里满是温柔。安娜惊奇得张大了嘴巴。"不错，我就是洗涤水里的小人儿。"小伙子说，"是

131

你救了我，安娜。我们一起离开这儿吧！"

他们走到地窖门前，安娜用金塔勒敲了敲门，锁自动开了。可是，可恶的汉斯又出现在面前。

"别怕，安娜！"小伙子边说边把小瓶子里的洗涤水朝汉斯的脸上泼去。

"哎哟，疼死我了！"汉斯捂住脸惨叫起来。

小伙子拉着安娜就往那个通向外面的洞穴跑。他们沿着石壁一步一步艰难地爬了上去。终于，他们又站在明媚的阳光下了。他们骑上那匹白马，白马载着他们向安娜的家乡驰去。

恋爱中的橡树

[英国]琼·艾肯

在一个只有九间房子的小村落里，有一棵巨大的橡树，他的树枝像伞一样覆盖在围成一圈的房子上。有个叫波莉的小女孩就住在这里，当她还是婴儿的时候，母亲就把她放在橡树底下，然后去干活。波莉躺在摇篮里，看着阳光透过浓密的树叶照下来，不由得踢足挥拳，咿咿呀呀地欢叫着。橡树低头看着她，觉得波莉是世界上最漂亮的孩子。

波莉上学了，她常常在树下做功课，这时树枝就给她遮住灼热的阳光。

后来，波莉把红的、蓝的、绿的发带挂在树上晾干。橡树默默地照看着，不让它们被风吹走，也不让它们被树上的小鸟叼走。

秋天，波莉住的屋子上的树叶总是最后凋落；春天，它们总是最早发芽。

转眼间，波莉长成大姑娘了，她离开了村庄去城里谋生。

橡树不相信波莉会离开，可是从此以后，树枝上再也没有发带晾在上面了，也没有书本摊在树下的草地上了。波莉真的离开了。

橡树悲伤起来，夏天才过一半，树叶就开始从树枝上掉落，枝头筑巢的鸟儿们焦急起来：“一旦树叶落光，我们靠什么来躲避老鹰和猫头鹰呢？”

一只啄木鸟飞到树梢上：“亲爱的橡树，你这是怎么啦？为什么在夏天落叶？是不是虫子咬你？我可以帮忙吗？”

“因为波莉走了，我没心思把树汁输送到树叶中，波莉可看不到它们了。”橡树深深叹息着。

“为什么不给她写信，要她回来呢？”啄木鸟问道。

“对呀！”橡树说，“我要给她写1000封信。”

所有的落叶随风飘到了波莉住的城市，无论她走到哪里，树叶总在她跟前落下，轻轻地抚摸她，好像在乞求她回家。但是波莉不懂橡树的意思：“真奇怪，这么多橡树叶落在我身上，可是周围没有树呀？”

“你得另想办法。”见波莉没有回来，啄木鸟又对橡树建议。

橡树托梦给村里的木匠，请他砍下一根树枝，做成礼物送给波莉。失去一根树枝对橡树来说是可怕的，锯子深深地切进橡树的伤口，橡树默默地忍受着。当树枝被砍下，木匠把它变成了一把漂亮的摇椅。

"到城里找波莉，"橡树在梦里乞求木匠，"给她这把椅子，并求她回来。"

木匠把椅子放在骡子上进城了，他想道：我可以卖掉这漂亮的椅子，这钱足够买一匹骡子了，我为什么要为橡树跑腿，费神找什么小姑娘呢？

他真的这么干了，那只啄木鸟跟在后面，告诉了橡树发生的一切。橡树生起气来，其他的树枝折断了，落在木匠的屋顶上。

木匠牵着新买的骡子回家，发现他的房子倒塌了。

橡树叶继续飘落。"我们怎么办呀？"树上的鸟儿们去问缠绕在树上的槲藤。槲藤忧虑起来，因为橡树死了，他也无法存活。"多采一些浆果做成一条项链，把它带给波莉。"鸟儿们于是摘下100个美丽的珍珠似的槲

藤果子,用草秆穿成项链。啄木鸟把它
带到城里,正巧波莉在街上散步,于是
啄木鸟机灵地把项链套在波莉的头上。

"天哪!谁送给我这么美丽的礼物?"
波莉说。可是她没想到橡树。橡树仍在
等待,越来越悲哀。

"无论如何你要使叶子保留到我们
的小鸟会飞为止。"鸟儿们哀求道。

橡树答应了,可是树叶开始变黄,就
像冬天来到了一样。

一个年轻人看见波莉戴着珍珠色的

项链在街上散步，他也像 橡树一样，觉
得她是世界上最美丽的人。年轻人请求
波莉嫁给他，波莉同意了。他们在城里
举行了婚礼，啄木鸟在教堂的尖顶上看
到了一切，以为波莉将永远不回家了。

　　可是啄木鸟错了。当波莉的丈夫
对她说"我们将会有多少孩子？我们将
住哪里？"时，波莉想起了她在摇篮里
的美好时光，她突然开始想念自己的
故乡了。

　　"让我们回村里去吧！"她对丈夫说。

当波莉和丈夫回家的时候，树叶正要全部枯萎了。

木匠已经离开了，于是波莉和丈夫修好房子住了进去。

橡树简直不敢相信这一切，树汁开始奔跑着流过树身，新的树叶长了出来，即使在冬天里，橡树仍保留了绿色。

第二年，波莉有了自己的孩子。孩子在树下的摇篮里，橡树俯视着想道："这是世界上最漂亮的孩子。"

140

加利珀特先生的点心

[法国]罗贝尔·艾斯卡贝尔

很久以前，很远的地方有一个王国，那里的人们，不论是国王、大臣，还是百姓，成天都是闷闷不乐的，就是动物啊，植物啊什么的也显得很忧郁。比如说春天这样明媚的季节，这个国家里，小羊羔不跳跃，小学生不叫不跳，燕子也忧郁地在低空逡巡。一切都灰溜溜的，阴暗凄惨。其实，这个国家并不贫穷，每年的收成也不错，供娱乐的手工制品也很多，但是忧郁不知从何而

来，也没有办法改变，他们自己也不知道，只是在和外地人比较起来才有所觉察。

快乐的外地人在旅馆吃饭，店主人的冷淡忧郁令他们大倒胃口。"好人，你家发生什么不幸的事了吗，你的神情为何这样悲戚？"

"我们总是这个样子，自己也不知道是怎么回事。"店主回答说。外地人建议他们唱歌、跳舞，来让自己快乐起来，可他们说唱歌会让他们更伤心，他们也不会跳舞。

宫廷里更是阴森可怕，美丽的公主塞西尔待人和气，却整天哭哭啼啼的，把美丽的面孔都哭丑了。她每天都坐在窗前，呆呆地看着外面流眼泪。夜里做梦，公主却老是梦见几十个青年和姑娘快活地唱歌跳舞，一位英俊的王子还请她跳舞呢，因此她恳求父王试着办一次舞会。

舞会开始了，可是乐师们奏着悲哀的乐曲，跳舞的人动作缓慢，垂头丧气，像判了死刑的囚犯被押上断头台。晚会十分凄凉，塞西尔更加难过了，宫外的人听见哀乐都难过得直摇头。那天晚上，奥西塔尼的海蒙王子恰好住在旅馆里，他是个谈吐文雅、品德高尚的年轻人，听见这样的音乐，他问旅馆的老板：“宫里在办丧事吗？”“不，是舞会。唉，美丽的公主一定失望极了，这样下去，她一

dìng huì yōu yù ér sǐ de
定会忧郁而死的！"

　　dì èr tiān hǎi méng wáng zǐ qiú jiàn guó wáng bì xià　　bì xià wǒ liǎo jiě dào
　　第二天，海蒙王子求见国王陛下。"陛下，我了解到

guì guó hé gōng zhǔ diàn xià zhèng bèi yōu yù zhèng suǒ kùn rǎo　　wǒ hěn xiǎng wèi nín fēn yōu
贵国和公主殿下正被忧郁症所困扰，我很想为您分忧，

nín rèn wéi wǒ néng zuò diǎn er shén me ne　　　　ài wáng zǐ xiè xie nǐ méi yǒu shén
您认为我能做点儿什么呢？""唉，王子，谢谢你。没有什

me fǎ zi néng ràng wǒ men bù yōu yù　　zhì yú gōng zhǔ　rú guǒ nǐ néng ràng gōng li de
么法子能让我们不忧郁。至于公主，如果你能让宫里的

rén tiào qǐ wǔ lái tā kě néng huì hǎo shòu diǎn er　　guó wáng zhào lái gōng zhǔ hé wáng zǐ
人跳起舞来，她可能会好受点儿。"国王召来公主和王子

jiàn miàn　gōng zhǔ fā xiàn wáng zǐ zhèng shì tā mèng zhōng jiàn dào de qīng nián　yī mǒ hóng yùn
见面。公主发现王子正是她梦中见到的青年，一抹红晕

fàn shàng liǎn jiá　tā xiǎn de gèng jiā měi lì le wáng zǐ bèi tā de měi mào xī yǐn le
泛上脸颊，她显得更加美丽了，王子被她的美貌吸引了，

144

深深地爱上了她。王子跪在公主面前发誓说："一年之内我要让整个王国快乐起来，让您美丽的双唇现出微笑！"

海蒙王子动身去找乐师和舞蹈家了。在路上，他碰到一群强盗拦路抢劫一个又胖又矮的老头儿，他拔出剑

来，把强盗赶跑了。老头儿感谢王子说："谢谢您救了我！我就是大名鼎鼎的加利珀特先生，著名的甜食点心国王、糕饼皇帝。我刚在西班牙给王子和公主做完生日点心，现在要去给沙皇准备婚宴。您想吃什么，我要报

答您!"王子谢绝了他的好意,把遇到的难题告诉了他。

点心师傅搔搔光秃秃的脑袋:"这个可不太好办呢。不过,我会做一种点心,吃了它,不爱动弹的人也会双腿发痒、不由自主地跳起舞来,这就是加利珀特点心!"王子一听很高兴,不过点心先生又说:"要做这种点心可不容易。我给您配料单,可还缺少最主要的掺入面粉的跳豆。这种豆子只有遥远的墨西哥才有。"王子拿了配料单,立即拨转马头向墨西哥进发了。

有一天，他走到一个叫图兰辛戈的村子，一个男人站在家门口，手里拿着几颗蹦跳不停的豆子玩儿。王子心想：这大概就是跳豆了！王子想买下豆子，可墨西哥人不卖，还要他说出买豆子的原因，王子把忧愁国的故事告诉他，可他并不感兴趣。王子说他可以用这些豆子做加利珀特点心，那人马上显出很高兴的样子，喊来妻子要试试看。村里人看见来了外国人都跑来看热闹。

妻子罗莉塔把豆子捣碎，掺到玉米粉里，做了几个饼放在火上烤。饼熟了，男人把饼分给大家吃，刚吞下一口，双脚就动起来，脚跟碰得咔嚓响，音乐师弹起吉他，大家疯狂地跳起舞来。从此，墨西哥人

成了世上最出色的舞蹈家。

跳完舞，男人真的信守诺言，把跳豆送给王子，嘱咐他把豆子种在罐子里，天天浇水就会收获许多豆子了。海蒙王子把豆子带回欧洲，一路上历尽千辛万苦。回到忧愁国时，豆子已经结了十二个沉甸甸的豆荚。王子让旅馆的老板把豆子种在花园里，告诉他做加利珀特点心的配方就到宫里去了。国王见到他就问："你找到医治忧郁病的药了吗？公主一天天

地憔悴了！"王子却吩咐在舞厅里摆上一张餐桌，桌子上摆上很多小小的、圆圆的、黄澄澄的、香喷喷的点心。

王子把点心端给公主吃，刚吃了一口，公主就微笑了，和王子旋转着跳起舞来。其他人吃了饼后，也跟着跳起来。

国王吃了一块，也加入到欢乐的人群中！

旅馆老板按王子的指点，收获了跳豆，把豆种发给全国的人去种，不久大家都吃到了豆饼，快乐地参加了王子和塞西尔公主的婚礼。大家快活极了，忧愁的国家从此变成了快乐王国。

孔雀的食谱(上)

[法国]马塞尔·埃梅

德尔菲娜和玛丽奈特是乡下一户农家里的两姐妹。

省城的表姐费劳拉中学毕业了,来乡下住了一个星期,

她有漂亮的手链表、银戒指和高跟皮鞋,还有三件节假

日穿的连衣裙,一件是玫瑰色金丝腰带的,一件是泡泡

袖的绿色丝裙,另一件是蝉翼纱料子做的;她每天谈论

的都是服饰、帽子、卷发器什么的。这让小姐妹俩羡慕

极了,表姐一走,她们就鼓起勇气向爸爸妈妈提出了要

求:"我们不想再穿木头鞋子了,想要高跟皮鞋,还要穿

漂亮的连衣裙,然后把长长的头发卷起来!"爸爸妈妈

却严厉地说:"那可不行!每天都穿皮鞋和裙子,它们很

快就会穿坏了,到走亲戚的时候就没有穿的啦!而且这

么小的孩子还想卷头发，真不像话！"姐妹俩不敢吱声了，私下里却一直都没有放弃对漂亮衣服和鞋子的讨论。

她们总是问："我的身材苗条了吗？你觉得我穿玫瑰色比蓝色要好些吗？"还一个劲儿地照镜子，梦想着自己变得漂亮些，甚至想把那只心爱的小白兔的皮拿过来做漂亮的皮衣服。

一天下午，她们坐在农场栅栏旁一边织一块花边，一边不停地谈论着烫发和金手表什么的。一只懂事的大白鹅在旁边看她们做活计，院子里还有一只肥猪在散步。

爸爸妈妈下地干活儿经过，看见小猪时说："它长肥了，也越来越漂亮了！"姐妹俩等父母一走又开始讨论起怎么变漂亮的问题来。这时，一只闲来无事的公鸡走到白鹅面前，同情地说："你的脖子真是怪模怪样的，那么长！看，我的脖子多漂亮！"白鹅不服气地分辩说："什么，我的脖子太长！你的脖子那么短，才是真的丑极了！再说，老是争论这些问题有什么意义呢？""就是不说脖子，我有各种颜色的羽毛，黑的，蓝的，黄的，样子多威风！而你呢，真是丑啊！"公鸡骄傲地说。"我可不这么认为！看

152

你那乱蓬蓬的鸡毛，真令人恶心！"公鸡被白鹅的话气得跳起来，扯着嗓门儿大喊："我就是比你漂亮，漂亮一千倍！"小姐妹俩看见事情闹大了，急忙停止自己的讨论，准备去劝解它们。小猪听见吵架声也跑过来，气喘吁吁地说："你们昏头了吗，最漂亮的当然是我了！"大家都哈哈大笑起来。白鹅说："真是可笑极了！"公鸡也鄙夷地说："可怜的小猪啊，你看不见你有多丑吗？"小猪却苦恼地看着它们说："我明白了，你们是妒忌我呢，刚才主人还在夸我越来越漂亮啦，你们没听到吗？"孔雀顶着羽冠走过来，它的

153

身子是蓝色的，翅膀是金褐色的，长长的绿色尾巴上满是镶着棕红色边儿的蓝点儿，浑身泛着光泽，它高贵地笑着向大家打招呼："我听见你们一直争论不休，真是可笑得很。让你们见识一下什么是真正的美丽吧！"它慢慢转过身子，摆了个姿势，长长的尾巴徐徐展开，圆圆的，像一把盛开的彩色扇子。大家都出神地欣赏着，看得入了迷。小猪惊叹不已，向孔雀靠近一些想看清楚点儿，孔雀却大叫道："别靠近我！我这么高贵，不是谁都能靠近的！"小猪红着脸结结巴巴地向它道歉，惊奇地问："你是天生就这么漂亮吗？""哦，不是的。我生下来时只有很少的绒毛，后来一点儿一点儿地才变成现在的样子！"小猪于是恳请它介绍一些变得美丽的秘诀，这时候，其他动物都围了过来，大家挤成一堆听孔雀说它的秘诀。

孔雀简要地介绍了追求美的注意事项："小时候，妈妈总是说：'不要吃蚯蚓，这会影响你头上长羽冠；不要

独脚跳，否则尾巴上的羽毛要散开的；不要吃太多；吃饭时不要喝水……出去散步要人陪着，不能去小鸡家串门儿，要高贵地笑……'为了不变胖，保持羽毛色彩的鲜艳，我要坚持做体操，要控制饮食，甚至有固定的食谱……哎，不说了，我要去梳洗了。""固定的食谱？"大家都很好奇，围着孔雀要它说了食谱再走。孔雀没有办法，只好说了："是这样的，每天早上醒来，吃一粒苹果籽儿，喝一口清水。就这样！"大家跟着一起重复了一遍。小姐妹俩也听得入了神。

孔雀的食谱(下)

[法国]马塞尔·埃梅

第二天,令爸爸妈妈大吃一惊的事情发生了,家里饲养的所有动物都拒绝吃它们往日吃的食物,只要一粒苹果籽儿和一点儿清水作早餐!公鸡说:"我的主人,难道你们不希望看见我头上长着羽冠,身上披着色彩斑斓的羽毛吗?"爸爸妈妈说:"不用那样了,我们就喜欢你现在的样子!"小猪也说:"我想变成一头苗条动人的

小猪，那样人们都会围着我说：'啊，多么漂亮的一头小猪啊！'"可爸爸妈妈说："我们认为你多长点儿肉才更美！"爸妈回到厨房，看见小姐妹俩正要去上学。"可你们还没有吃早饭啊！""不用了，可能昨晚吃多了！"德尔菲娜红着脸说。等她们离开，爸妈看见桌上有一个剖开的苹果，里面的籽儿没有了。

　　开始的一段时间里，所有的动物为了美丽都忘记了肚子饿，它们的话题也总是走路的姿态，羽毛的颜色等等，大家都在追求美丽。可是，过了几天，它们却发现自己不仅没有变美丽，反而眼睛下陷，羽毛干枯，脖子细瘦，脚掌扁瘪。白鹅最先觉察到这些变化，它想了想觉得这样下去可不行，便停止绝食。在它的劝阻下，其他的几种动物也醒悟过来。大家都像以前那样吃东西了，只有小猪还在坚持。一个星期后，它就瘦了十五斤，皮都起褶了，松松垮垮的，大家看着都觉得它好可怜。但它还

执迷不悟地问人家："我现在是不是变漂亮了些？"大家不知道怎么回答它才好。它又眨眨眼睛，压低声音问："那么，你们看看我的脑袋……"

"什么啊？""羽冠啊，好像长羽冠了呀！还有，看到我的尾巴了吗，喏，看见了吗？"大家支支吾吾的，不敢说实话，怕伤了小猪的心。小猪却把没有漂亮起来的原因归结为锻炼得不够，或者吃得太多，因此它眼见着日益消瘦下来。

小姐妹俩在白鹅苦口婆心的劝说下，也不再按照孔雀的食谱进餐了。因为白鹅说得对："美丽并不代表着一切！而且精力充沛，自我感觉良好才是真正的美丽！"

158

一天，小猪做完体操在水井边休息。它问正在打呼噜的小猫是否看见它长出来的羽冠，小猫不忍它伤心，装模作样地说："好像是有点儿，大概……是的吧！""太好了！"小猪高兴地大叫起来，"那么，你也看见我的拖尾了吧？""拖尾？天啦，我……"小猫不知道说什么好了。小猪却还在问："怎么样，怎么样？"猫没有办法，只好说："对，对，不过你只有多吃点儿，拖尾才能长得长啊！""这太正确了，我还没有想到呢！"小猪高兴地跑到食槽边把里边的猪食都吃完了。然后，它在院子里大

叫："我有羽冠了，我长拖尾啦！"大家试图使它醒悟过来，它竟说别人妒忌它。公鸡对它的固执不耐烦了，叹着气走开了："它疯了，完全疯了！"大家嘲笑起它的举动来，于是小猪生气了，从院子里经过时，也不和别人讲话了。白鹅指着小猪对姐妹俩说："看，过分追求自己的美貌最后变成什么样子！"恰好，表姐近来也失去了理智，但是，玛丽奈特还是很欣赏小猪的执着。

一天，小猪去地里散步，回来时，天空乌云密布，下起倾盆大雨来。它在一棵树下躲雨，原因是怕打湿了头上的羽冠。雨停了，它回到家里。刚进院子，小姐妹俩就指着小猪进来的方向叫喊起来："看啊，彩虹，美丽的彩虹！"小猪转过头也叫了一声，它以为那是自己的拖尾呢！于是它说："看啦，我又开屏了！"姐妹俩伤心地低下头，所有的动物都议论纷纷。爸妈生气地拿过一根棍子："又胡闹了！快回猪圈去！"可小猪说："我的彩屏那么宽那么大，怎么进猪圈啊？"

小姐妹俩只好跑到它身边好言相劝："你就把拖尾上的羽毛收一收嘛。""哦，很对，我怎么没有想到呢？"小猪高兴地说，"你们知道吗，我还不太习惯有美丽的拖尾呢……"唉，可怜的小猪，它真的疯掉了！

蓝色的金鱼

[法国]皮埃尔·菲利

不知道为什么，一条红色的金鱼变成了蓝色的。小金鱼很高兴，它在鱼缸里摇头晃脑地游来游去，轻轻唱道："蓝蓝的鱼儿水中游！"

八岁的吉姆看着它，惊奇极了，一条会唱歌的鱼！

于是，他也跟着唱起来："我是一条小蓝鱼，蓝蓝的鱼儿

水中游！”突然，奇怪的事情发生了，吉姆变成了一条小蓝鱼，“噗”的一声跳进了鱼缸。这样，两条小蓝鱼在缸里快乐地游着，还唱着歌儿。

妈妈被歌声吸引过来了，她吃惊地叫起来：“吉姆，快来看，鱼缸里现在有两条小蓝鱼！”吉姆没有回答，他觉得做条小蓝鱼非常自在！妈妈也被优美的歌声吸引住了，跟着唱起来：“我是一条小蓝鱼，蓝蓝的鱼儿水中游！”

“噔”的一声，妈妈也变成了蓝鱼跳进了鱼缸。她在鱼缸里蹦来蹦去，想变成人。“妈妈，你觉得做鱼怎么样啊？”吉姆问。“吉姆，原来你变成了一条小蓝鱼啊，这可不行，我要出去，我还要做饭呢！”吉姆还是唱着歌，

嘹亮的歌声把妹妹玛丽和爸爸也吸引过来了。玛丽惊喜地叫起来："三条会唱歌的小蓝鱼，多么可爱啊！爸爸，我们一起唱吧！"他们唱着，很快也变成了两条小蓝鱼！

"我觉得当小蓝鱼挺舒服！"玛丽说。"以后我们就住在鱼缸里，谁也找不到我们，真好啊！"吉姆说。爸爸发火了："胡闹，我们应该马上喊救命！"这时，家里养的黑猫普鲁克过来了，它把脸贴在鱼缸上，"喵呜"叫着扬起了爪子。"它要把我们吃了！"妈妈吓得直叫。爸爸警告说："普鲁克，别干蠢事儿！"玛丽哀求："好猫咪，别吃我

们呀！"吉姆想出了法子："我们唱歌吧，唱蓝鱼歌！"

五条鱼拼命唱起来，立刻，黑猫也唱起来，一唱它也变

成了一条蓝鱼！

时间慢慢过去了，天暗下来，电话铃响了，然后，门

铃也响了，以后再也没有人来。"这水冰冷冷的！"爸爸

说。"我们该恢复人的样子！"妈妈也不耐烦了。他们

试着各种各样的办法：把歌倒过来唱，用英语、德语、西

班牙语唱，做各种怪样子……唉，都是白费劲儿。

这时，那条真正的小蓝鱼说："别折腾了，我知道办

法，不过有一个条件……""快点儿，你的一切愿望我们都答应你！"爸爸着急地说。"我不想再做鱼缸里的鱼了，我想变成一个五岁的小男孩儿！""完全可以！"妈妈说。"那么，大家准备好，跟我一起做！"小蓝鱼命令道。大家在鱼缸里游了六圈，仰泳五分钟，大笑着闭上眼睛，然后念咒语："嘟泼、蒂泼、带泼；格鲁格鲁，格拉格拉，格鲁格鲁；永别了，蓝鱼！"每个人都变成了原来的样子。

"那是谁？"爸爸问。

"我是蓝鱼变的小男孩儿。你好，爸爸！"大家用了一整晚的时间来为新来的小弟弟取名字，最后决定叫他鲁豆维克，小名鲁豆。吉姆说："看来，明天该重新买一条金鱼啦！"

栀子花

[日本] 小川未明

黄香家里很穷。他七岁就开始上街卖花。

这天，阳光明媚，鸟语花香，正是春天的季节。黄香每天都要拿着小花篮上街叫卖。

黄香的母亲是个贪得无厌的人，看到小黄香赚了钱回来就眉开眼笑，可要是黄香没卖出去几朵花，她的脸色就很难看。

yǒu yī tiān huángxiāng yī dà qīng zǎo jiù dào jiē shang mài huā   mài huā ya   mài huā

有一天，黄香一大清早就到街上卖花。"卖花呀，卖花

ya   huáng xiāng yī biān zǒu yī biān xiǎo shēng yāo he zhe

呀……"黄香一边走一边小声吆喝着。

tiān kōng wèi lán wèi lán de   tài yáng guà zài tiān kōng shang   càn làn duó mù   méi

天空蔚蓝蔚蓝的，太阳挂在天空上，灿烂夺目。没

yǒu yī sī fēng   zhè tiān qì kě zhēn hǎo   qián bian yǒu zuò xiǎo qiáo   qiáo nà biān shì yī

有一丝风，这天气可真好。前边有座小桥，桥那边是一

piàn yuán yě

片原野。

qiáo duì miàn zǒu guò lái yī wèi lǎo nǎi nai   tóu fa yǐ jīng huā bái   zǒu lù chàn

桥对面走过来一位老奶奶，头发已经花白，走路颤

chàn wēi wēi   huáng xiāngcóng méi jiàn guo zhè wèi lǎo nǎi nai

颤巍巍，黄香从没见过这位老奶奶。

lǎo nǎi nai kàn le huáng xiāng yī yǎn   wèn dào   nǐ jǐ suì le

老奶奶看了黄香一眼，问道："你几岁了？"

"今年七岁。"

"多好的娃儿啊，这么小年纪就出来卖花。我把你这些花全买下来吧。我现在去扫墓，就把这些花送到那些我认识的、现在已经死去的人的墓上去吧。唉，我认识的，差不多都进棺材了。"老奶奶叹息着，真的把花全部买去了。

这天黄香回家，他告诉母亲花全都卖出去了，是一位老奶奶买的。贪得无厌的母亲对黄香说："明天也必须把花全部卖光！"

第二天，黄香又来到昨天碰见老奶奶的桥头，心想："但愿今天老奶奶还来，把花都买去。"正想着，老奶奶来了。

"你几岁了？"老奶奶问。她忘了昨天已经问过黄香了，她把昨天的事儿都忘了。

"今年七岁。"

"多好的娃儿啊，这么小年纪就出来卖花。"老奶奶

说着，把花全买下了。老奶奶转身离开的时候，还自言自语："我现在去扫墓，就把这些花送到那些我认识的、现在已经死去的人的墓上去吧。"

黄香回到家，把今天的事又说了。贪得无厌的母亲对黄香说："明天老奶奶再问你几岁了，你就说六岁！"

到了和前两天一样的时间，黄香又提着花篮来到桥头，正好遇到老奶奶从桥上走过。

老奶奶问他："你几岁了？"她把昨天、前天的事又

170

都忘了。

黄香想起母亲教他的，就回答："今年六岁。"

"多好的娃儿啊，这么小年纪就出来卖花。"老奶奶说着，把花全买下了。

黄香回家了，跟母亲说了这事儿。母亲笑着说："好吧，下次，你就说你五岁了。"

第二天，到了和昨天一样的时间和地方，黄香碰到老奶奶，她问他："你几岁了？"

"今年五岁。"黄香说完，脸红了，心不住地跳……

这次老奶奶只是自言自语道："这些花不那么白了，不适合送到墓地去。"

这一天，黄香没有回家。他妈妈到处也找不到他，只听说有个老太太把一个孩子带到墓地去了。他妈妈去看的时候，只见墓地里全部都是白色的栀子花，黄色的花蕊发出一种幽幽的香气。从此，大家总见到一位披头散发的疯女人见人就问："你买栀子花吗？"大家说，这是黄香的妈妈在找自己的孩子呢！

狐狸变成的茶锅

[日本]坪田让治

从前很早的时候，有个赌徒，名叫文叶吉，赌博老是输得精光。这天，他在回家的路上，经过秦岛附近时，遇见了一只狐狸。文叶吉给狐狸打了声招呼："老狐狸，老狐狸，求你一件事！"

狐狸问："什么事呀？"

"没什么，我只是想求你变成一个上等的茶锅。"

狐狸点着头说："只要你能给我送来一盒小豆糯米饭，还有一包油炸鲱鱼，我可以为你变成任何东西。"

于是，文叶吉赶紧跑回家，把狐狸要的东西做好，恭恭敬敬地给狐狸送来了。狐狸一看见他带来的东西，高兴地翻了个跟头，很快就把这些东西美美地享用

173

了一番。然后，再翻了一个跟头，狐狸就变成一个上等的茶锅了。

文叶吉非常高兴，连忙把茶锅用一块布包好，拿到山庙里的和尚那里，对和尚说："师父，师父，我发现了一个很好的茶锅，可以用来烧茶，请您用三两银子买下吧！"

和尚一看，真的不错，立刻就花钱买下了，然后吩咐小和尚说："来，把这个茶锅拿到前边河里给我洗干净！"

hé shàng xiǎng gǎn jǐn yòng zhè chá guō shāo kāi shuǐ ne
和尚想赶紧用这茶锅烧开水呢。

xiǎo hé shang bǎ guō ná dào hé biān yòng shā zhǐ
小和尚把锅拿到河边，用砂纸

zhī zhī de shǐ jìn er mó zhe biàn chéng chá guō de hú
"吱吱"地使劲儿磨着，变成茶锅的狐

li nǎ lǐ shòu de liǎo zhè zhǒng téng tòng dà shēng jiào dào
狸哪里受得了这种疼痛，大声叫道：

xiǎo hé shang téng a qīng diǎn er cā qīng diǎn er cā
"小和尚，疼啊，轻点儿擦，轻点儿擦。"

xiǎo hé shang xià le yī tiào pǎo huí qù bào gào lǎo
小和尚吓了一跳，跑回去报告老

hé shang shī fu shī fu zhè ge chá guō huì shuō huà
和尚："师父，师父，这个茶锅会说话

ne wǒ yī cā tā tā jiù shuō xiǎo hé shang téng
呢。我一擦它，它就说'小和尚，疼

a qīng diǎn er cā qīng diǎn er cā
啊，轻点儿擦，轻点儿擦。'"

lǎo hé shang shuō méi shén me zhè shì yī zhī
老和尚说："没什么，这是一只

xīn guō ma fán shì xīn dōng xi dōu shì zhè me shuō huà de nǐ děi hǎo hāo er cā tā
新锅嘛，凡是新东西，都是这么说话的，你得好好儿擦它。"

xiǎo hé shang zhǐ hǎo yòu huí dào hé biān yòng shā zhǐ jì xù shǐ jìn er de zhī zhī
小和尚只好又回到河边用砂纸继续使劲儿地"吱吱"

cā qǐ lái chá guō yòu kāi shǐ jiào huan le wèi nǐ gǎo shén me a wǒ gào su
擦起来，茶锅又开始叫唤了："喂，你搞什么啊？我告诉

nǐ la qīng diǎn er cā zhī dào ma
你啦，轻点儿擦，知道吗？"

xiǎo hé shang zhè huí kě méi lǐ tā zì gù zì de bǎ chá guō lǐ lǐ wài wài
小和尚这回可没理它，自顾自地把茶锅里里外外

^{xǐ le gè gān jìng} 洗了个干净。^{rán hòu}然后，^{zhuāng shàng shuǐ}装上水，^{fàng dào miào li de lú zi shang kāi shǐ}放到庙里的炉子上开始

^{shāo shuǐ le} 烧水了。

^{gāng gāng bǎ guō fàng dào huǒ shang}刚刚把锅放到火上，^{chá guō jiù xiàng shā zhū yī yàng luàn jiào}茶锅就像杀猪一样乱叫：^{xiǎo hé}"小和

^{shang tàng ya tàng ya miè huǒ miè huǒ}尚，烫呀，烫呀，灭火，灭火！"

^{xiǎo hé shang yòu xià le yī tiào gǎn jǐn pǎo dào lǎo hé shang nà lǐ shī fu}小和尚又吓了一跳，赶紧跑到老和尚那里："师父，

^{shī fu chá guō yòu jiào xiǎo hé shang tàng ya miè huǒ}师父，茶锅又叫'小和尚，烫呀，灭火！'"

^{lǎo hé shang mī le mī yǎn méi shén me zhè shì yī zhī xīn guō ma fán shì}老和尚眯了眯眼："没什么，这是一只新锅嘛，凡是

^{xīn dōng xi jiù shì zhè me shuō huà de nǐ děi hěn hěn de yòng dà huǒ shāo tā}新东西，就是这么说话的，你得狠狠地用大火烧它。"

^{xiǎo hé shang tīng le shī fu de huà bǎ huǒ shāo de wàng wàng de zhè yī cì}小和尚听了师父的话，把火烧得旺旺的。这一次，

^{chá guō dǐng bù tū rán zhǎng chū lái liǎng zhī ěr duo máo róng róng de shí fēn kě pà xiǎo}茶锅顶部突然长出来两只耳朵，毛茸茸的，十分可怕。小

176

和尚赶紧去找师父：“师父，师父，茶锅长出耳朵来了。”正当他这么叫唤的时候，茶锅又长出了一条毛茸茸的尾巴。“师父，师父，茶锅长出尾巴来了。”

老和尚仍旧眯着眼，说：“这是一只新锅嘛，凡是新东西……”老和尚话还没说完，茶锅已经从火炉上跳了下来，大声叫嚷：“太烫了，太烫了，烧坏了，烧坏了……”

于是，狐狸变回了原形，飞一样地跑回山里去了。

小熊找爱(上)

[德国]克雷曼

有一座大山,好高好高。所以,从来没有人爬到那上头去过。

山上有个洞,小熊吉米就住在那个洞子里。

不过,小熊的妈妈在他出生不久就去世了。也就是说,小熊的童年很可怜,因为别人都有妈妈,而他没有。

有一天,爸爸对他说:

"儿子，你得开始自己照料自己了。就是采摘附近的野果子吃，你也能活下去哦！祝你运气好，再见！"

说完，爸爸就走了，只给小熊吉米留下了一顶帽子。

吉米慢慢地长大了，而且越来越大。

不用说，他的胃口也变得越来越大了呢！

春天的一个早晨，小熊站在山上往下看，看到山羊妈妈正在轻轻地、无限疼爱地舔她的小山羊宝宝的头。

小熊顿时觉得心里空落落的，像是破了一个大洞一样。

他抬头望着天空说："那么我呢？我也好想有谁来爱我一下啊！"

于是，他戴着爸爸留给他的那顶帽子出发了。他要出去寻找爱了。

因为是第一次出远门，他才走了一个钟头，就觉得有点累了。

于是，他就在一块石头上坐了下来。

这时，不知道从什么地方窜出来一只老土拨鼠。

老土拨鼠正被一只老鹰追得没有地方躲藏，拼命
狂奔。

吉米看到这番情景，一下跳到老鹰跟前，张开嘴大
吼了一声：

"呜——"

老鹰顿时被他的吼叫声吓住了，赶紧丢下老土拨鼠，
飞逃而去了。

老土拨鼠抬起头，惊讶地看着吉米——呀，原来是
这么个大块头救了她呢！

老土拨鼠仔细一瞧，天哪！瞧他那身肌肉！多么健
美啊！

她高兴得立刻就为吉米做了一顿美味的晚餐，感谢

dà kuài tóu jiù le tā de mìng
大块头救了她的命。

dì èr tiān tā yòu wèi xiǎo xióng zuò le yī xiē gèng hǎo chī de
第二天，她又为小熊做了一些更好吃的。

xiǎo xióng chī de yòu xiāng yòu bǎo rì zi guò de kuài lè jí le
小熊吃得又香又饱，日子过得快乐极了。

yú shì tā gān cuì liú le xià lái hé lǎo tǔ bō shǔ yī qǐ guò qǐ le ān
于是，他干脆留了下来，和老土拨鼠一起，过起了安

wěn de rì zi
稳的日子。

jí mǐ jiào lǎo tǔ bō shǔ xiǎo nǎi nai tā xiǎng zhè yàng jiào yě xǔ shì
吉米叫老土拨鼠"小奶奶"。他想，这样叫也许是

zuì qià dàng le
最恰当了。

tā rè le xiǎo nǎi nai jiù yòng dà xiàng ěr duo nà me dà de yè zi dāng shàn zi
他热了，小奶奶就用大象耳朵那么大的叶子当扇子，

cóng tóu dào jiǎo wèi tā shān fēng
从头到脚为他扇风。

181

他累了，小奶奶就给他洗脚，洗身子，晚上，她还为他讲故事。

时光在慢慢地流逝。有一天，他俩躺在太阳底下休息。

可是，小奶奶再也没有醒过来！

吉米不知道发生了什么事，继续跟她说笑，像往常一样摇晃她的身子。

但是她已经没有呼吸了！

吉米好难过啊！他轻轻地将她抱到了一棵大树下，用大叶子覆盖着她的身子。

他在旁边陪伴着她，过了一天又一天。小熊难过得

什么也吃不下。他觉得自己好孤独、好寂寞哦！

这天晚上，小熊突然感到身边暖洋洋的。

他睁开一只眼睛一看，原来是一只小兔子正依偎在

他身边取暖呢。

不过，到了早晨，小兔子就一溜烟地跑掉了。

第二天晚上，小兔子又回来了。不过，天一亮，小兔

子就又溜走了。

小熊盼望着小兔子能天天来和他做

伴。他好喜欢那种暖暖的、柔软的感觉。

就这样，小兔子在小熊身边留下来了。

小熊找爱(下)

[德国]克雷曼

小熊叫小兔子"小毛毛"。他觉得,这个叫法是再好不过了。

细心的小熊开始用野花煮汤给小毛毛喝。尖利的岩石有时会磨疼小毛毛的爪子,小熊就把他扛在自己的肩头上,好让小毛毛不用自己的脚爪走路,而且还能

得到休息。

到了晚上，小熊还把自己从小奶奶那里听来的故事，一个个地讲给小兔子听。

小兔子在小熊身边，也有一种特别的感觉，他在享受着一种最温暖的爱。

小兔子当然也十分喜欢和小熊在一起。渐渐地，小兔子也不再像以前那样瘦弱了。他长胖了，浑身的毛都有了亮光。

而且，没过多久，小兔子就独自到外面旅行去了。

有一天，小毛毛遇见了一只兔妈妈。

他不由自主地就跟着兔妈妈走了。

小熊好想念小毛毛，就到处去寻找他。

每天早晨，每天晚上，小熊都会走到草原深处，希望能见到他亲爱的小毛毛，他的好朋友。

可是，小毛毛再也没有回来。

冬天到了。冬天带来了厚厚的、寒冷的冰雪。风雪在呼啸。天好冷好冷啊！

小熊孤独地回到了自己的洞里。

不一会儿，他就在山洞的角落里蜷缩着身子睡着了。他睡得好沉好沉……

当小熊终于醒来的时候，外面已经是又一个春天了！

他依依地怀想着土拨鼠小奶奶，怀想着小兔子毛毛、山羊妈妈和她的山羊宝宝……小熊又感觉心里像是破了一个大洞一样。

于是，他又戴起帽子，悄悄出发了。

他还想去寻找他所渴望的东西。

他走进了一个他从来没有到过的山谷。

突然，从远方传来一阵可怕的隆隆的声响。

小熊急忙回过身子，仰头望见一大团雪球，正从高山上向他滚来。

雪球飞快地滚动着，一路撞倒了所有的树木，几乎把一路上所有东西都毁了。所有的小动物都从自己的住所探出头来，想看看究竟山上发生了什么事儿。

啊，大雪球从山上飞滚下来……

小熊知道，他的山洞是一个十分安全的地方，于是，

他就扯开嗓门儿大吼着，把动物
们都追赶进了自己的山洞里。

小动物们很害怕小熊，所以
就拼命地四处逃窜，不让小熊追到。

为了躲避小熊，他们全都逃
进了洞里。

这时候，大雪球呼隆隆地从
动物们躲着的洞口滚了过去！

啊，原来这是小熊吉米在用
吼声拯救大家、保护大家啊！

188

小动物们明白过来后，就都真诚地过来感谢小熊，亲热地拥抱他，并且留在他身边，陪伴他度过黑夜。

小动物们紧紧地依偎着小熊。

小熊好感动，心里好温暖呢！他对着自己轻声说："不知道，明天，他们还需不需要我？我可以保护他们、帮助他们啊……"

听着小动物们轻轻重重的呼吸声，还有幸福的呼噜声和叹息声，小熊觉得，自己的山洞里从来也没有这样热闹过。

当然，最重要的是，他不再感觉心中像破了一个大洞了。

他决定，从此就管这些小动物叫"小朋友"。

魔鬼的三根金发

[德国] 格林兄弟

从前，有一对贫穷的夫妻。在他俩生下一个男孩子的晚上，有个预言家说："这个孩子在十四岁时将娶国王的女儿为妻。"

几天后，国王经过这个村庄时，得知了这个预言。他很生气，于是带走了那个男孩儿，并把他装在木箱里，放入了河中。木箱在河中漂呀漂呀，结果被一对经

营磨坊的夫妻捞了上来，他们没有孩子，因此很高兴，把他当作自己的孩子来抚养。

十三年后，孩子长成了一个英俊的小伙子。有一天，国王偶尔经过这个磨坊，当他听说这个小伙子是十三年前从河里漂来的时候，非常地惊惶失措，他叫来小伙子并交给他一封信，说："我写了封信给王后，你替我送去吧！"

小伙子按照国王的吩咐，拿着信就出发了。然而，不幸的是，小伙子在森林中迷了路，来到了盗贼的巢穴。盗贼们听说了小伙子的遭遇，便留他住宿。

当天晚上，小伙子睡熟后，盗贼们把信拆了，只见里

面写道:"杀死送信的年轻人!"盗贼们撕毁了这封信,

模仿国王的笔迹写道:"让公主和送信的小伙子结婚!"

第二天早上,盗贼们让小伙子带上信,并告诉他去

京城的路。

小伙子到了京城,把信交给王后,王后按照信上说

的,把公主嫁给了小伙子。

不久,国王回到了京城。他看到小伙子与公主结了

婚非常生气，可是事到如今，一切都已经无法挽回了。

因此，他对小伙子说："要想得到我的女儿，你就得到地狱去，拔三根魔鬼的金发来。"

于是，小伙子告别妻子出发去地狱了。

几天后，小伙子来到了一个大城市的城门口。当他正想进去时，守城门的人问他："为什么本城广场上的泉眼，以前冒出来的是葡萄酒，可是现在连水也不冒了？"

"等我返回到这里时，再告诉你吧。"说完，小伙子继续上路了。

当他来到另一个城市的城门口时，守门人又提出了一个问题："为什么有棵树，以前结满了金苹果，可是现在枯萎了？"

"等我返回到这里时，再告诉你吧！"小伙子回答着，继续向前走。

不久，一条大河拦住了去路。在河边，船夫又向小

193

伙子提出了一个问题：“为什么我非得终日一个人在这里摆渡，而没有人来替代我呢？”

“等我返回到这里时，再告诉你吧！”小伙子回答后，继续赶他的路。

当小伙子历尽艰辛来到地狱时，很不凑巧，魔鬼出去了。魔鬼的母亲听了小伙子的故事，十分同情他。于是她把小伙子变成一只蚂蚁，藏在衣服的褶子中。一会儿，魔鬼回来了。他吃饱饭后，倒头就睡，很快进入了梦乡。

这时，魔鬼的母亲拔了一根魔鬼的金发。

“哎哟，好痛呀，干什么？”

魔鬼的母亲装糊涂说："我做了个怪梦，梦见城里的泉眼，以前冒出的是葡萄酒，现在连水也不冒了，这是为什么呢？"

"这还不容易？泉眼中有一只青蛙，只要把青蛙杀了，就会冒葡萄酒了。"说完，魔鬼很快就进入了梦乡。

魔鬼的母亲接着又拔了一根魔鬼的金发。

"好痛呀，你在干什么？"

"对不起，我又做了个

怪梦。一个城市有棵结金苹果的树，眼看就要枯死了，这是为什么呀？"

"这简单得很，一只老鼠在咬苹果树的根，只要杀死这只老鼠，就可以了。"说完，魔鬼又睡着了。

魔鬼的母亲拔下了魔鬼的第三根金发。

"好痛啊，我实在无法忍受了！"

魔鬼猛地跳了起来，魔鬼的母亲安慰他说："对不起，我又做了个怪梦，一个船夫问，为什么自己终日摆渡而始终没有人来接替他？"

"告诉他，下次如果有人要过河，只要把桨交给他，然后溜掉就可以了。"

魔鬼一睡熟，魔鬼的母亲就让小伙子恢复了原形，并把三根金发交给了他。

小伙子道过谢，就离开了地狱。

在回去的途中，他将问题的答案告诉了船夫和守门人，大家都十分高兴，送给他许多黄金表示感谢。

公主见小伙子平安地回来，高兴得不得了。国王看到小伙子带回来这么多黄金，态度一下子转变了许多，千方百计想要弄清黄金的来源。

小伙子告诉国王河的对岸埋着许多黄金，并把河的位置告诉了国王。

国王一听，立刻就向河边赶去。他让船夫把自己带到对岸，可是船一到对岸，国王没来得及上岸，船夫就把桨交给国王，溜得无影无踪了。

从此以后，国王不得不每天摆渡，来洗刷自己的罪行。

淘气的小水怪

[德国]奥弗雷德·普雷斯勒

小水怪一家住在池塘底下,他和爸爸还有妈妈愉快自由地生活着。他很善良、机灵,当然,少不了淘气了,毕竟,他是个男孩子嘛。水怪爸爸常常带着小水怪上岸去,因为,他希望小水怪能多看看池塘外面的世界,成为一个有见识的孩子。

这天,小水怪在爸爸的叮嘱下,一个人上岸了。岸边有棵柳树,它低低地弯着腰,柳枝儿几乎垂到了池塘里。

小水怪毫不费劲儿地顺着柳枝爬到树顶,"藏在这里不坏。"小水怪想。

小水怪这里看看，那里瞧瞧，一双眼睛总也看不够。

远处，磨坊主的妻子在院子里喂鸡，两个年轻的女仆在池塘边洗衣服，小贩和手艺人在磨坊前的大路上来来往往，孩子们说笑着，一起上学去。突然，小水怪的眼睛瞪圆了：路上跑着三间有门有窗的绿房子！每间房子都有轮子，由一匹小马拉着，而且后面都锁着毛乎乎的大狗熊。

三个人赶着马，向池塘边过来，一会儿，停在了老柳树旁。

几个女人和孩子从三间绿房子里钻了出来，他们的皮肤是古铜色的，头发又密又长。

女人们捡来干芦苇，生起了火，然后吊起锅子煮汤。

孩子们则嘻嘻哈哈，四处跑着、闹着。男人们蹲在一旁抽烟斗。

大家吃过饭后，狗熊被牵到了火堆旁。一个男人摇起了小铃鼓，狗熊开始跳开了舞，它笨头笨脑地挪动着脚步，还一边叫着，样子十分可笑。

小水怪目不转睛地看着这一切，满心的好奇。爸爸在叫他了，他也不理，直到那群人又上路了，他才恋恋不舍地回家去。

"你跑哪里去了？"妈妈责备道，"真是个淘气的孩子！"

tū rán tā jué de hún shēn wú lì kuài yào yūn
突然他觉得浑身无力，快要晕

dǎo le
倒了。

dōu shì nǐ de cuò ràng hái zi chū qù bǎ
"都是你的错，让孩子出去，把

hái zi dōu lèi bìng le mā ma dà jiào dào
孩子都累病了。"妈妈大叫道。

bà ba bù hǎo yì si de sǒng song jiān yī shēng
爸爸不好意思地耸耸肩，一声

bù kēng
不吭。

chí táng li cháng cháng néng zhǎo dào kōng guàn tou
池塘里常常能找到空罐头

hé huài dēng pào er pò tuō xié hé qí tā fèi qì
盒、坏灯泡儿、破拖鞋和其他废弃

de dōng xi xiǎo shuǐ guài zǒng shì dàng bǎo bèi bān de shōu
的东西。小水怪总是当宝贝般地收

cáng qǐ lái hái bù shí ná chū lái shǎng wán
藏起来，还不时拿出来赏玩。

有一天，他骄傲地向鲤鱼库普里奴斯展示自己的收藏品。

"哦，您打算把这些宝贝派什么大用场？"鲤鱼看着这些破烂，笑得喘不过气儿来，"还是扔掉它们吧，一点儿用处都没有。"

"扔掉？才不呢！总有一天，它们会起作用的。"小水怪气呼呼地说。

小水怪很想向鲤鱼证明：他的宝物是有用的！很快，机会就来了。

过了三天，他又遇到了库普里奴斯。鲤鱼愁眉苦脸，嘴里不知在嘟哝着什么，气泡一串串从它的嘴里冒出来。

"库普里奴斯！"小水怪叫道，"你究竟怎么了？"

"唉，别提了，"库普里奴斯气鼓鼓地说，"都是那个拿钓鱼竿的家伙！他搅得我成天提心吊胆，我真想把

他吞下去！”

“你吞不下他，”小水怪说，“我也一样。或者，我们能想些别的点子……”

“是吗？”鲤鱼半信半疑地看了小水怪一眼，“你到底想干什么？”

“你就等着瞧吧！”小水怪眨眨眼，“暂时保密！”

库普里奴斯游近岸边，一边观察着垂钓的渔夫，一边等着。渔夫正全神贯注地盯着水面，旁边的水桶不时地水花四溅。

“可怜的家伙们，”库普里奴斯害怕地想，“在桶中挣扎实在太可怕了！但愿没人再上当……"它正寻思着，渔夫忽然一探身，然后用力一甩渔竿。

"哦，又是哪个倒霉的家伙中计了？"库普里奴斯浑身发抖。

一个黑糊糊的东西被拽出了水面，"啪"的一声落到渔夫身后的草地上。

但是，那根本不是鱼！那是……鲤鱼库普里奴斯好奇地睁大了眼睛……那是一只破靴子！

库普里奴斯恍然大悟。

"真见鬼！"渔夫懊恼地嘟哝着。把一只肥大的蚯蚓装上鱼钩，又把钓丝甩到水中。

"看你这次能交什么好运？"库普里奴斯幸灾乐祸地想。

一会儿，一只生了锈的炉钩子被拖上了岸。渔夫沮丧地大骂起来。

倒霉的渔夫又接连下了好几次鱼钩，每次结果都让他莫名其妙：钓上来的全是一些废弃物！他气得七窍生

烟，不甘心地下了最后一次钩。这次，鱼钩钩起来一只没底的陶土罐，罐子里坐着小水怪！他张牙舞爪地大吼大叫："哇呀！哇呀！哇呀呀！"

渔夫吓得扔掉钓竿，转身就逃，头也不回地跑得无影无踪。

"哈哈，哈哈！"小水怪和库普里奴斯开心得大笑起来。

"你再也不敢小瞧我的宝贝了吧？"小水怪得意地说。

"对，对，"库普里奴斯说，"我承认，有时候，它们还是很有用的。我以后绝不再嘲笑你的收藏品了！"

小水怪乐得眼睛眯成了一条缝儿。

快乐王子(上)

[英国]王尔德

在城市的一座建筑物的高柱子上耸立着快乐王子的雕像,他浑身贴满了黄金叶子,他的眼睛用一对蓝宝石做成,他佩带的剑柄上是一粒大的红色宝石。它们在阳光的照耀下闪着光,漂亮极了!

人们都赞美快乐王子,有个官员说:"他像风标一样漂亮。"

一个小孩儿哭着要天上的月亮，他的母亲责备着："你怎么不能像快乐王子那样呢？"

一个不开心的人喝醉了，他望着快乐王子自言自语道："世界上只有你才是快乐的。"

孤儿院的孩子们说："快乐王子像天使一样美丽。"

他们的数学教师说："你们怎么知道？难道你们见过天使吗？"

孩子们异口同声地说："我们在梦里见过。"数学教师皱了一下眉头，他不太喜欢梦这种不现实的东西。

某个晚上，有只小燕子飞到了快乐王子的身边。他的伙伴们在六周前就往南方飞去了。因为他爱上了岸边最美丽的一根芦苇，所以耽误了时间，掉队了。

芦苇是不会跟燕子去南方的，小燕子有点难过地离开了芦苇。他决定今天晚上在快乐王子的雕像边过夜。

他在快乐王子的脚中间躺了下来。

"这个用金子做的卧室还真不错啊！"他把头钻进羽毛里准备睡觉。

有一滴水落到了他的身上，他奇怪地说："天上那么多星星，怎么又下起雨来了呢？"刚刚说完，又一滴水落在他身上。

"唉，我还是再去找个地方睡觉吧。"当他张开翅膀时，又有第三滴水掉了下来。燕子仰起头一看，看到快乐王子的眼睛里装满了泪水。

小燕子问道："你不是快乐王子吗？难道你还有什么伤心的事吗？"

王子说道："人们都叫我快乐王子，从前我生活在宫殿里，无忧无虑的，的确是快乐无比的。我死了以后，人们把我的雕像放在了这里。当我站在城市的高空，看到那么多丑恶的事，那么多穷苦的百姓时，我的心虽然是铅铸的，但我还是忍不住要难过。"

王子用哽咽的语气继续说着："在那边的一条小街

上，有一家穷困的人，我看到那个妇人在桌子边给宫女们赶缝衣服，她满脸病容，弱不禁风的样子。屋子角落里躺着她的小孩儿，他生病了，哭着要橘子吃，但妇人什么也没有，只能喂他一点儿水喝。小燕子啊，你能把我剑柄上的红宝石拿下来送给她们吗？那样她们可以用宝石换钱，可以买粮食，可以买橘子，还可以去看病。她就不用那么辛苦地缝衣服了。"

"我很想帮你，但我的伙伴们早就飞到南方去了，我得去追上他们，他们现在肯定在尼罗河上飞行，同莲花说笑呢。"

王子恳求地说："燕子，燕子，你就不愿意为我耽搁一个晚上吗？做一次我的邮差吧，那个小孩儿和他的妈妈实在是太可怜了！"

小燕子看王子那样地忧郁，他的心软了，便答应了王子做他的信使。

小燕子取下剑柄上的那颗红宝石，飞到了那个小孩儿的家。那位母亲太累了，已经睡着了，只有那个小孩儿还在不停地翻着身。他跳进窗子，把红宝石放在妇人的针线旁边。

燕子很快就回到了快乐王子的身边。他对快乐王子说："真是奇怪啊，天气很冷，我却觉得很暖和！"

213

"那是因为你做了一件好事儿。做好事儿能让人快乐。"王子说。

小燕子很甜蜜地睡着了。

天亮了，小燕子在城市的上空逛了一遍，他想：我今天晚上一定要走了。

当夜晚来临时，他来跟王子告别，王子说："燕子，燕子，你能再陪我一个晚上吗？在城

市的另一头，在破旧的阁楼里有一个年轻人在为剧院写戏，可是他又冷又饿，再也写不下去了。你能为我把蓝宝石送一粒给他吗？"

燕子说："那样你就只有一只眼睛了，我不能那样做。"

王子说："小燕子，你就听我的话吧，不然那个年轻人会死掉的，他是一个很有才华的青年。"

燕子只好取了其中的一粒蓝宝石。

那个年轻人趴在桌上，很专心地写着稿件，他没有听到燕子叽叽的叫声。燕子把蓝宝石放在了年轻人书桌旁边的紫罗兰上面。

快乐王子(下)

[英国]王尔德

yàn zi yī huí dào wáng zǐ shēn biān jiù shuō　　　zuò hǎo shì er zhēn de ràng rén jué
燕子一回到王子身边就说:"做好事儿真的让人觉

de yú kuài jí le　　wǒ yòu yào shuì gè hǎo jiào le
得愉快极了!我又要睡个好觉了。"

dì èr tiān wǎn shang yàn zi duì wáng zǐ shuō　　wǒ jīn wǎn yī dìng yào fēi zǒu le
第二天晚上燕子对王子说:"我今晚一定要飞走了,

dōng tiān mǎ shàng yào lái le　　wǒ de péng you men zuó tiān yǐ jīng fēi dào dì èr pù bù le
冬天马上要来了。我的朋友们昨天已经飞到第二瀑布了。"

wáng zǐ shuō　　yàn zi　　yàn zi　　nǐ
王子说:"燕子,燕子,你

kàn wǒ jiǎo xià de guǎng chǎng　　yǒu gè mài huǒ chái
看我脚下的广场,有个卖火柴

de xiǎo gū niang　　tā de huǒ chái quán diào jìn gōu
的小姑娘。她的火柴全掉进沟

li le　　kě yào shi méi yǒu qián ná huí qù de
里了,可要是没有钱拿回去的

216

话，她的父亲会打她的。她哭
得真伤心啊！你可以把我的
另一只眼睛取下来给她吗？"

燕子说："我不愿意那样
做，我可不想你变成一个瞎子。"

王子说："燕子，燕子，你
就听我的话吧！那个小姑娘
太可怜了，你看她的手冻得红
肿了，光着脚站在雪地上。"

燕子只好取下王子的另一只眼睛，飞到小姑娘的面
前，把宝石放在她手里。小姑娘看到这样漂亮的宝石，
满脸微笑着跑回家了。

燕子回到王子身边。他说："亲爱的王子，你现在什
么也看不见了，我不想离开你了。"

快乐王子说："你还是去找你的伙伴们吧，他们会想

niàn nǐ de

念你的。"

yàn zi shuō wǒ yào yǒng yuǎn péi zhe nǐ

燕子说:"我要永远陪着你。"

dì èr tiān tā jiù zuò zài wáng zǐ de jiān bǎng shang gěi wáng zǐ jiǎng tā céng jīng

第二天,他就坐在王子的肩膀上,给王子讲他曾经

jiàn guo de yǒu qù de shì qing wáng zǐ shuō qīn ài de yàn zi nǐ jiǎng de zhè xiē

见过的有趣的事情。王子说:"亲爱的燕子,你讲的这些

hěn hǎo nǐ néng zài wǒ de chéng shì shàngkōng fēi yī quān er ma zài gào su wǒ yǒu

很好。你能在我的城市上空飞一圈儿吗?再告诉我有

xiē shén me shì er ba

些什么事儿吧!"

yàn zi biàn fēi dào le kōngzhōng tā jiàn dào yǒu qián de rén zài wū zi li chī

燕子便飞到了空中。他见到有钱的人在屋子里吃

hē wán lè　　qióng kùn de rén què zài ái lěng shòu è　　tā bǎ zhè xiē gào su le kuài
喝玩乐，穷困的人却在挨冷受饿。他把这些告诉了快

lè wáng zǐ
乐王子。

　　　　wáng zǐ shuō　　　wǒ shēn shang hái yǒu jīn piàn　　nǐ bǎ tā men yī piàn piàn de zhāi
　　王子说："我身上还有金片，你把它们一片片地摘

xià lái　　sòng gěi nà xiē qióng rén ba
下来，送给那些穷人吧！"

　　　　yàn zi bǎ yī piàn piàn jīn zi zhuó xià　　fā gěi nà xiē qióng kǔ de rén le　　nà
　　燕子把一片片金子啄下，发给那些穷苦的人了。那

xiē qióng rén shōu dào jīn yè zi　　kāi xīn de zài jiē shang chàng zhe tiào zhe　　xiāng hù shuō dào
些穷人收到金叶子，开心地在街上唱着跳着，相互说道：

　　wǒ men yǒu miàn bāo chī le　　　　ér wáng zǐ què biàn de huī bù liū qiū de le
"我们有面包吃了！"而王子却变得灰不溜秋的了。

219

严寒的冬天来了，天已经下起了雪。小燕子觉得冷极了，但他不愿意离开王子。他拍着翅膀来取暖，他偷偷地跑到面包屋里吃些面包屑，最后他知道自己快冻死了，便用最后的一点儿力气，飞到了王子的肩头。他对王子说："亲爱的王子，我们要分开了，让我亲亲你吧！"

"小燕子，你要去南方了吗？"快乐王子问道。

"我现在不是去南方，我要去天堂，那里很暖和很美丽。"

小燕子吻了一下王子的嘴唇，然后死在了王子的脚下。这时，雕像内王子用铅做的心碎成了两半。

第二天一大早，一些官员在广场上散步，当他们看到快乐王子的雕像时，皱起了眉头："快乐王子怎么变得这么难看啊？"

大家都附和着说："是啊，太难看了，脚下还有一只死鸟儿。"

他们把快乐王子的雕像拆了，扔到炉里熔化。熔化不了的那碎成两半的铅心以及那只死去的燕子被他们扔到了垃圾箱里。

上帝对天使说："让我们去迎接这个城市里最珍贵的东西吧，它们选择天堂是很明智的！"

图书在版编目（CIP）数据

外国名家童话 / 海豚传媒编绘. -- 武汉：长江少年儿童出版社，2016.5
（悦读故事馆）
ISBN 978-7-5353-8936-7

Ⅰ．①外… Ⅱ．①海… Ⅲ．①童话—作品集—世界 Ⅳ．①I18

中国版本图书馆 CIP 数据核字（2013）第 123006 号

外国名家童话

海豚传媒 / 编绘

责任编辑 / 傅一新　佟　一　阳亚蕾
装帧设计 / 张　青　　美术编辑 / 胡金娥
封面绘画 / 海德薇　内芯绘制 / 贝贝熊插画工作室
出版发行 / 长江少年儿童出版社　　经销 / 全国新华书店
印刷 / 深圳市鹰达印刷包装有限公司
开本 / 889×1194　　1/24　　9.5 印张
版次 / 2019 年 4 月第 1 版第 4 次印刷
书号 / ISBN 978-7-5353-8936-7
定价 / 28.00 元

策划 / 海豚传媒股份有限公司（19022535）
网址 / www.dolphinmedia.cn　　邮箱 / dolphinmedia@vip.163.com
阅读咨询热线 / 027-87391723　　销售热线 / 027-87396822
海豚传媒常年法律顾问 / 湖北珞珈律师事务所　王清　027-68754966-227